月虹が招く夜

真・霊感探偵倶楽部

新田一実

講談社X文庫

目次

物紹介

●大道寺竜憲《だいどうじりようけん》

霊能界《れいのうかい》の第一人者・大道寺忠利《ただのり》の一人息《むす》子《こ》。自《みずか》らも破魔《はま》の力を持ち、父亡《な》きあと大道寺家の後継者となる。封印を解《と》かれた古代の姫神《ひめがみ》・戔須良姫《さすらひめ》の霊が身体《からだ》に入りこんでいるため、怪我《けが》を癒《いや》す不思議《ふしぎ》の術を駆使《くし》できるが、反面、異性に対する欲望が全くなくなっている。以前異変のあった母校に再び幽霊騒ぎが起こっていると知り、大輔《だいすけ》と二人でさっそく様子《ようす》を窺《うかが》いに行くが…!?

●姉崎大輔《あねざきだいすけ》

竜憲の高校時代からの友人で、大学卒業後は竜憲の秘書役を務めている。霊や魔物を無意識のうちに退治する能力があり、竜憲の〝護符《ごふ》〟的役割をも担《にな》っている。また、姫神の恋人である古代の男神《おがみ》・素戔嗚《すさのお》の霊を宿しているため、竜憲の危機には戦士と化して降魔《ごうま》の剣《つるぎ》をふるう。母校に関する嘉《か》神《がみ》からの妙な依頼にイラつきつつも、竜憲の身を守るために渋々同行することに。

登場人物

嘉神伝世《かがみつたや》

蠱《こ》を使役する蠱物《まじもの》師《し》。軽薄そうな容姿をしているが、その実力は鴻《おおとり》さえも認めるほど。今回の事件も、嘉神の突然の電話に端を発したが……。

溝口《みぞぐち》

大道寺家最年長の内弟子。優れた霊能力者であると同時に事務処理能力にも長《た》けている。人当たりの良い穏やかな性格で、溝口でなければという依頼者も多い。

鴻《おおとり》 恵二《けいじ》

亡き大道寺忠利の一番弟子。その身に古代の神・現国魂《うつしくにたま》の化身を宿している。忠利の遺言を守って、竜憲を助け、大道寺に持ち込まれる多くの依頼をこなす。

大神《おおみわ》

修一《しゅういち》の後輩。代々月を祭る一族の出で、実は鴻とは従兄弟《いとこ》同士。祖母の遺言で鴻と顔を合わせることを禁じられていたが、誘惑に駆られて会う決意を固める。

イラストレーション／笠井《かさい》あゆみ

月虹が招く夜

真・霊感探偵倶楽部

序章

月を虹《にじ》が取り巻いている。

それは、ひどく象徴的な光景だ。

夜空に淡い色を重ねる虹は、月に纏《まつ》わりつくものどもを思い出させる。

付き従っているのか、纏わりついているのか。

崇《あが》め奉《たてまつ》っているようにも見えるし、月の力をわがものとしようと狙《ねら》っているようにも見えた。

どちらにしても、虹のベールを被《かぶ》った月には、何か神秘的な雰囲気がある。皓々《こうこう》と照らす月の狂気を孕《はら》んだ気配とは、また別のもの。

僅《わず》かに湿った空気が、そう見せるのかもしれない。

漆黒の車に寄りかかって、うっそりと空を見上げていた大神《おおみわ》は、口元に笑みを掃いた。

「……難儀なことだな……」

月が何を望むのか、誰も気にしていない。代々月を祭っている一族でも、それは同じだった。

自然に対する畏敬《いけい》の念を忘れてしまっても、人知の及ばぬものに頼る心だけは残るものらしい。

人ならぬものの声も聞けぬ者こそが、彼らを崇め奉り、無闇《むやみ》に恐れる。永々と旧家に伝わる禁忌やしきたりのほとんどは、人間が勝手にでっち上げたものだ。

直系の子供に後継ぎとなるべき印がないからといって、親戚《しんせき》の子供を半ば誘拐するように取り上げたり、直系の子供に印が現れたからといって突っ返したり。

十歳まで役立たず扱いされていたのに、急に修行だのしきたりだのと、煩《うるさ》くかまわれ始めた兄にも同情するが、爺《じじい》どもの気紛《きまぐ》れに振り回されて、帰る家さえ失った子供のことのほうが記憶には鮮明だった。

恵二《けいじ》といった。

当時は大神恵二。

今は鴻《おおとり》を名乗っているはずだ。

ごく普通の人間として生きていると――爺に言わせれば、ただの人に成り果てた、ということだった。

もちろん、そんな話は信じてはいなかったが、大道寺《だいどうじ》に預けられていたとは、考えもつかなかった。

それ以上に驚いたのは、彼の容姿だ。

十年後、あるいは二十年後の、己の顔がそこにあった。

「さて……。どうするべきか……」

一度として会ったことはない。

容姿を知っているのも、写真を見たからだ。

印を持って生まれた従兄《いとこ》とは相見《あいまみ》えてはならない。

それは、祖母の遺言だった。

考えてみれば、恵二が家にいた間にも、一度も会ったことはなかった。今思えば、祖母の差し金だったのだろう。

祖母の予言を信じているわけではない。

だが、まったく無視することもできない。

まさか、職場の先輩が、大道寺と繋《つな》がりがあるとは、いや、それ以前に鴻を見知っているとは思いもしなかった。

知ってしまうと、やはり気になる。そのあたりが微妙なところだ。

あえて避けぬ代わりに、積極的に会おうと画策もしない。そうすることで、自分の中の折り合いをつけていた。

それなのに、当の先輩は、こんなふうに鴻の写真を届けてくれたりするのだ。

大きなお世話だと、言えないところが情けない。

好奇心旺盛《おうせい》な先輩は、どうしても、自分と鴻との関係を明らかにしたいらしいのである。真実を喋《しゃべ》れば、それで気がすむのだろうが、そうなると、おそらく顔を合わせたくない事情も喋らなくてはならなくなる。

いっそ、鴻と会ってしまえば、祖母の言葉の真偽も判るし、ちょうどいいかもしれない。

いつまでも年寄りの戯《ざ》れ言《ごと》に惑わされたくないと思ったのも本当だ。できることなら今月中に会おうなどと、自分で期限を決めたのに、それもあと十日で終わりだった。

期限を決めたのには、深い意味はない。

それこそ、今年度中に白黒はっきりつけたほうがいいのではないか、などという、至極一般社会に迎合した考え方をしただけだ。

実際には、社会通念と懸け離れた、神代《かみよ》よりの言い伝えだの予言だのというものに縛りつけられているのに。

世の中の規範の多くが、論理で作られたものではなく、単なる多数決や習慣でしかないのだと判っていても、それに従ったほうが生きやすいのも確かなのだ。

自分も少しばかり受け継いでしまったらしい、奇妙な力は、普通の社会で生きていくには、なんの役にも立たないものだ。

ひょっとすると、祖母が警告したのは、この力がなくなるということなのかもしれない。お家大事の祖母にしてみれば、一大事だろう。

だが、大神にしてみれば願ってもないことだった。

試してみる価値はあるかもしれない。

少々投《な》げ遣《や》りなことを考えてしまうのは、それこそ月の魔力だろうか。

ルナティック。

人知の及ばぬものの存在を信じない人間も、月が人に与える影響は認めるようだ。

そういえば、満月や新月の前後は事故が多いという話も聞いたことがある。

「会うまえに事故を起こしたら、洒落《しゃれ》にならないな……」

車のボディを軽く叩《たた》いた大神は、もう一度月を見上げて、小さく笑った。

第一章　学校の怪

1

「正気か？」

ただ一言。

見るからに不機嫌そうな顔をした大輔《だいすけ》は、電話の子機を肩との間に挟んで、唸《うな》り声《ごえ》をあげていた。

相手は誰だろう。

修一《しゅういち》か、嘉神《かがみ》。あるいは中沢《なかざわ》。

男であることだけは間違いない。

元々、愛想《あいそ》のいい男ではないが、それを隠すぐらいの技は持っている。少なくとも、気に入らない顧客には、慇懃無礼《いんぎんぶれい》な口をきくのだ。

ここまで露骨に不満を表明するのは、遠慮のない相手ということになる。

「こっちに回すな」

修一ではなさそうだ。

どういう状況であれ、兄弟喧嘩《きょうだいげんか》に口を挟むのは得策ではない。だが、ほかの人間なら、話を聞いたほうがいいだろう。

そう見当をつけた竜憲《りょうけん》は、ＦＡＸの本体に付いている受話器を取った。

『せやから、自分らの母校やん。近所まで来たついでとか言うて……』

嘉神だ。

「嘉神さん、どうなさったんですか？」

会話に割り込むと、嘉神は心底ほっとした声で応じた。

『あ、竜憲。……助かったわぁ。あんたらの母校、ほら、バッタの群れに襲われて、奇麗《きれい》に掃除されてもうた……』

「はい……」

必要以上に丁寧に説明するのは、本題に入りにくいからだろうか。

『せやから、ちょっと顔出してほしいんよ』

そのくせ、唐突なくらい簡単に要望だけは口にする。

「何かあったんですか？」

不機嫌そのものの表情で、大輔が歩み寄ってきた。

「よこせ」

手を突き出す。

それを無視して、竜憲は受話器をしっかりと握り直した。

『なんや幽霊騒ぎがあるらしゅうて、またぞろ中野《なかの》センセーに相談されたんや』

前回、嘉神に相談を持ちかけた教師だ。大輔にも記憶がなかったあたり、卒業してから赴任した教師かもしれない。

「幽霊騒ぎ、ですか？」

『そうそう。なんや、妙な影を見たとか、音を聞いたとか』

どうやら、心配するほどのものでもないらしい。

以前、学校に棲《す》みついていたものが総《すべ》ていなくなった後に、何かが忍び込んだのだろう。

除菌や抗菌が過ぎると、害をなさない雑菌までが駆除されて、そこにより強く害をなす菌が入り込む、という話を聞いたことがあった。

学校にいた常在霊の代わりに、悪霊が入り込むというのは、考えすぎだろうか。

「下らないことを押し付けるな。元々、お前が引き受けたんだろうが」

本体のボタンを押して、子機に通話を回した大輔が、ドスの利《き》いた声で喚《わめ》く。

もう一度、ボタンを押そうとして思《おも》い止《とど》まった竜憲は、ソファーに移動して煙草《たばこ》に火を点《つ》けた。

正直なところ、嘉神がわざわざ連絡してきた理由が判らない。

告げられた言ったとおりの現象なら、嘉神は適任だろう。正体不明の雑霊が巣くっているというのなら尚更《なおさら》だ。

彼が出向きたくない理由があるならば、別だが。

まだ、電話の向こうとごちゃごちゃと言い合っている大輔を、ちらりと見遣《みや》る。

「……大輔。なんで行きたくないのか、訊《き》いて」

呼びかけに視線だけはこちらを向いたものの、聞く耳は持たないといった顔だ。

そのつもりならそれでもいい。後で自分でかけ直せばいいことだ。

だが、口に出して言わなくても、竜憲の意思は伝わったようである。

渋々といった態《さま》で、大輔が嘉神を問《と》い質《ただ》し始《はじ》めた。

隠れて動かれるよりはまし、とでも思ったのだろうか。

やがて、通話を切った大輔は、ほとんど憤怒《ふんぬ》の形相で竜憲の前に立った。

「嘉神さん、なんだって？」

「片づいたらすぐに来るとさ。……まったく、ろくでもない仕事を引き受けるから……」

「何、それ……」

どうやら、大輔を説得できるネタがあったらしい。珍しいことだ。大輔をして、納得するしかない仕事というものが存在するのだろうか。

「今から、ハワイだと」

「ハワイ？」

「ああ。半分ボケた婆《ばあ》さんが、奴の師匠に会いたいってごねてるらしい」

「……なるほど……」

亡《な》くなった師匠の代わりに、唯一の弟子が出向くことになったようだ。

嘉神が呼ばれるぐらいだから、老人の話し相手というだけではないだろう。そして、大輔に後回しにしろと言えないような事情を告げたに違いない。

そんな状況でも、学校の怪談が気になって、電話をしてきたようだ。

「まったく、なんでもかんでも引き受けやがって……」

「まぁ、しようがないよ。学校のほうは、中野先生に泣きつかれたんだろうし」

「そうだろうな……」

深い溜《た》め息《いき》を吐《つ》いた大輔が、新聞に目をやった。

「エイプリルフールじゃねぇだろうな」

「まさか……」

言われて、竜憲も新聞に目をやる。

間違いなく、四月一日だ。

今日日《きょうび》、新聞でもエイプリルフールに偽《にせ》の記事を掲載するぐらいだから、冗談の電話の一本ぐらい、かけてもおかしくない。

エイプリルフールに嬉々《きき》として悪戯《いたずら》を考えるというのは、妙に嘉神に似合っているような気もした。

「母校を訪ねさせるぐらい、可愛《かわい》いモンだとでも言う気じゃないだろうな」

「まぁ、いいんじゃない？　なんならこれから行ってみる？　春休み中だったら、生徒も少ないだろう？」

眉《まゆ》を引き上げた大輔は、子機のボタンを手早く押した。

不機嫌な表情はそのまま、通話を切ると、充電器に戻す。

「ハワイは本当かもな。……少なくとも携帯は切れている」

わざわざ確かめたらしい。疑《うたぐ》り深《ぶか》いことだ。

苦笑を浮かべた竜憲は、腰を上げた。

「いいじゃない。ドライブ、ドライブ」

車のキーを掲げてみせる。

うんざりとした顔で、大輔はこれ見よがしに溜《た》め息《いき》を吐《つ》いた。

「いいけどな……。今晩は客が来るんだろ？　判ってるのか？」

「早くても九時なんだろ？　大丈夫、帰ってこられるよ」

よほどのものでない限り、そんなに時間はとらないはずだ。元々、学校の敷地にいたものたちから考えても、そこまで不穏なものが棲《す》みつくとも思えない。

若い人間の生命力に惹《ひ》かれて集まってきたものが、少々悪さをしているぐらいだろう。

「まあな。……いいか？　少しでも妙なものがいたら……」

「判ってるって。無理はしないよ」

最近になってようやく、大輔の過保護が治まってきた。

自分の能力に少しは自信が持てるようになったからだろう。

雑霊か、そうでないかぐらいは、はっきりと見て取れるようになったらしい。

警戒しなければならないほど強いものか、あるいは何もなさすぎる時だけ、用心すればいい。

大輔の内心の呟《つぶや》きが聞こえるようだ。

おそらく、怪しいと感じた瞬間に、頑《がん》として先に進むことを拒絶するだろう。

「スピード出すなよ」

さらにこれだ。

「はいはい」

ひょっとすると、竜憲の運転する車に乗ることが厭《いや》なのかもしれない。

可能性はある。

竜憲の運転技術も疑っているかもしれないが、大輔は徹底的に他人を信用しないのだ。

前を走る車は急に車線変更するものだと思っているし、歩行者は全員、車道に飛び出すと信じているようなところがあった。

確かに、指示器も出さずに車線変更した車に、突っ込みそうになったことはある。だがあれは、あまりにもマナーの悪いドライバーに警告するためにわざとやったもので、制動距離も、相手がどういう行動に出るかも、ちゃんと計算に入っていた。

計算外だったのは、大輔が今まで以上に竜憲の運転テクニックを信用しなくなったということだろう。

「時間が余ったら、サコのプレゼントを探しに行く？」

「やめとこうぜ……。律泉《りっせん》はただの幼馴染《おさななじ》みのつもりだろうが、ダンナになるヤツは穏やかじゃないそうだ。特に、こんなイイ男二人にプレゼントされるなんてのは」

「なんだよそれ」

「……て、兄貴が言ってたんだよ」

「珍しいね。修一さんのアドバイスを聞く気になったんだ」

「年寄りの言うことは聞くもんだろ」

「またぁ……」

声をあげて笑いながら、廊下に出る。

長い廊下の端に、猫のシルエットが見えた。

どうやら、渡り廊下のほうにいる何かを狙《ねら》っているらしい。

「やっぱり猫グッズかなと思ったんだけどな……」

「まぁ、トイレの砂ぐらいなら、いいんじゃないか？」

猫のトイレの砂に、祝いののし紙を付けるという図を想像してみる。大輔なら、本気でやりかねない。

肩を竦《すく》めた竜憲は、口を噤《つぐ》んで玄関に向かっていった。

2

つい半年ほどまえにも訪れたばかりだというのに、相変わらず駅周辺の変わりように妙に違和感を覚えるのは、やはり、中学高校と通いつけた記憶が先に立つからだろうか。脳裏にくっきりと刻みつけられた風景は、そう簡単には払拭《ふっしょく》できないものらしい。故郷を特別に思う人の感覚は、こんなものなのだろう。自分の周囲がどういうふうに変わっても、ここだけは変わらないでいてほしいと思う感覚だ。

「……ずいぶん変わったな」

どうやら、大輔《だいすけ》にも同じ感覚があるらしい。

駅から学校までの道のりも、見覚えのある風景と、違和感のある風景が、モザイク状に組み合わさっているような気がした。

「学校に乗りつける？」

「いいんじゃないか？　生徒はいないだろうし、教師がいたら嘉神《かがみ》の名前を出せばいいだろう」

言いながら、大輔はゆったりと構えている。

竜憲《りょうけん》には、道だけではなく、学校の建物自体にも違和感がある。建て替えられたとか、大規模な改修がされたというのではない。学校そのものの雰囲気が変わってしまったのだ。

先日訪れた時に感じた、何もない違和感ではない。

初めて見る学校のような。

一度として足を踏み入れたことがない場所のような。

そんな違和感だ。

「ずいぶんと、色々なものが入り込んでいるな」

教師たちが使っている駐車場の端に車を止める。

結構な数の車が止まっているのは、部活の指導をしている教師がいるからだろうか。大多数の生徒がそのまま大学まで進めるとあって、部活も盛んなのだ。

「久保田《くぼた》の車か？　……あれは」

担任だった教師。

大輔にしても、今乗っている車を知っているわけではないはずだ。

だが、大輔は駐車場の一角に止まったフェンダーミラーの車を顎《あご》で示して、確信ありげに告げる。

「相変わらず、とんでもないものに乗ってるな……」

「相変わらず？」

「覚えてないのか？　昔っから、ぼろぼろの車をどっかから持ってきちゃ、手を入れてただろう。教師より車の修理技師にでもなったほうがいいとか、陰で言ってたろ？」

言われてみれば、レストアカーとしか言えない車が、いつも駐車場にあったような気がする。

「……古い車は知ってるけど……」

苦笑を浮かべる大輔は、思いきり呆《あき》れているようだった。

人間より霊に興味があるのは知っていても、人間より車のほうが覚えやすいとは思わなかったらしい。

もちろん総《すべ》てではないが、やけに印象に残る車もあるのだ。竜憲がこの校舎に通っていた頃に見かけた幸せそうな車の持ち主が、久保田だったらしい。

「久保田先生って、結構、特殊能力の持ち主だったのかな……。あの車、事故の跡もあるのに傷になってない」

「まさか、人が死んでるとか？」

「……どうだろ……。色々な車から部品を集めてるみたいだし……。そのうちのひとつだと思うけど……」

肩を竦《すく》めた大輔は、身体《からだ》を大きく屈《かが》めるようにして車から降りた。

大輔がこの車を嫌う理由のひとつはこれだろう。日本人離れした長身の大輔には、窮《きゅう》屈《くつ》に違いない。

「取《と》り敢《あ》えず、あのおんぼろ車が原因てことはないわけだ」

「え？　あ……まぁね」

「さて、行くか」

いかにも、さっさとやっつけて即座に帰る、と言わんばかりの態度に、竜憲は苦笑するしかない。

実際、ここから見る限りは、大したものがいるとも思えなかった。

本当に気にしすぎと言ってしまえればいいのだが。

どちらにしろ、駐車場にぼんやり立っていても仕方がない。

「やっぱり、職員室？　それとも、電話入れて出てきてもらったほうがいいのかな？」

確かに依頼はされているが、それは教師全体の総意ではないだろう。中野《なかの》という教師の個人的な依頼のはずだ。この場合、ほかの教師に自分が霊能者を頼んだなどとは知られたくはないはずだ。

ようやく、竜憲に視線を戻した大輔が、小さく肩を竦める。

「……だから、嘉神は俺たちを適任と言ったんだろうが……」

ぼそりと呟《つぶや》かれた言葉に、竜憲は眉《まゆ》を顰《ひそ》めた。

「なんで？」

「少なくとも、職員室で下手《へた》な言い訳はしなくてすむだろう？」

言われて初めて、そういう意味合いがあったことを思い出す。

判りきったことなのに、ここが旧知の場所なのを失念するほど、学校は雰囲気が変わっているのだ。馴染《なじ》みの影たちが消えただけではないのだろう。

まったく新しい顔ぶれが、学校の中を彷徨《さまよ》っているに違いない。そのせいで、世界が違って見えるのだ。

今更ながらに、自分が普通の人間とは違う視界でものを見ていることが判る。

「しかし……中野って……どんなヤツなんだろうな」

「どんなヤツって？」

「いや、何があったんか知らんが、簡単に霊能者に相談する教師って、ちょっと想像できないだろ」

「そう？　要するに敏感な人なんじゃない」

軽口で応じても、大輔の仏頂面《ぶっちょうづら》は変わらない。

あと数歩進めば、校舎に辿《たど》り着《つ》くというのに、この顔で入っていくのは問題があるような気がする。

愛想《あいそ》よくしろとは言わないが、せめて、不機嫌を顔に出すのはやめてほしい。

「その顔は……まずいと思うなぁ」

「誰も見てないんだから、いいだろう」

「まぁね」

教師たちが使う裏口が、目の前にある。

休日には閉鎖されることになっているが、駐車場から近くて便利なだけに、ここの扉が施錠《せじょう》されていることは、ほとんどなかったように思う。

無骨な金属のドアがぴっちりと閉められており、入ることを拒むような雰囲気に、竜憲は思わず足を止めた。

「どうした？」

「え、なんでもない」

ごまかしたというより、違和感はほとんど一瞬で消えていた。

無骨なドアに取り付けられたドアノブは、予想どおり軽く回る。窓が開いているぐらいだから、裏口が施錠されていないのも、問題ではないのだろう。

「本当になんでもないんだな？」

「うん。なんていうか、生徒でもないのに学校に入るのって、ちょっと気後れするなと思って……」

自分で口にした言葉に、なんとなく納得した気分になる。

「これが公立の学校だったりしたら、一人も知り合いがいないなんていう状況もあるんだよね」

「そうだな……」

社会と隔絶した生活をしているせいで、年月の経過に鈍くなっている。自分の年齢ですら意識しないで生活しているというのは、あまり誉《ほ》められたことではないだろう。

「何かあるのか？」

ドアを開けようとしない竜憲を訝《いぶか》しんで、大輔が一歩足を踏み出して、泥落としのマットに靴《くつ》をのせた。

「……ごちゃごちゃといるみたいだな……」

呆《あき》れ声《ごえ》を出した大輔は、重いドアを押して中に入り込んだ。

途端にぴしっと亀裂《きれつ》が走る音がする。

もちろん、目の前の壁に本当に亀裂が入ったわけではない。

「おーお、派手なこと」

足を進めるたびに、乾いた音が走る。

どう考えても、歓迎されているわけではなさそうだった。

「昼間でよかったな。下手《へた》に夜だったりしたら、警備員が飛んできそうな音だ」

呑気《のんき》なことを宣《のたま》う大輔は、原因が自分にあることは気にしてもいないらしい。

「やっぱり聞こえてるのかな」

「誰に聞こえてないって？」

大輔が思いきり訝《いぶか》しげな顔をする。

霊能力があるということに慣れていない大輔は、自分が聞こえる音は、万人に聞こえるものだと思っているようだ。

普通の人には聞こえない音もあるし、ちょっと勘《かん》がいいだけで聞き取れるような音もある。もちろん、大抵の人間に聞こえる音もあって、それらは聞こえる者には区別がつかない時があるのだ。所謂《いわゆる》、原因が科学的に証明できる音か、そうでないか、の区別、だが。

今の音がそうだった。

空気が震える音。

普通に考えれば、音波だ。ところが、人が普通に考える原因とは別のものが、空気を震わせていることがある。

「大輔。止まれ……」

広い背中に掌《てのひら》を押し付ける。

「何か付いてるのか？」

「違うよ。……ちょっと、待ってくれる？」

以前は無意識に振り回していた霊を薙《な》ぎ払《はら》う鎖《くさり》鎌《がま》を、最近では大輔もコントロールできるようになっていた。

しかし、極度に警戒していると、見えない鎖鎌が動き始めるのだ。

「悪かったな。邪魔してるのか？」

「まえほどじゃないけどね……」

職員室に向かって足を進める。

ぱしっ。

ぴしぴしぴし。

音が走る。

「本当にこれが聞こえないのか？」

「以前のあんたなら、聞こえてないだろうね」

呆《あき》れたように溜《た》め息《いき》を吐《つ》く大輔は、自分の背中がひくひくと痙攣《けいれん》していることには気づいていないようだった。大輔の意識とは別に、彼の本能のほうは周囲を飛び回っている雲《うん》霞《か》のような雑霊を、追い払いたくて仕方がないのだろう。

「ちょっと、そこの人。どういう御用ですか！」

職員室のドアが開き、男が現れる。

若い男。

「……あれが中野か？」

「みたいだね……」

「このまえ来た時に会ってりゃ、話は簡単なのに。……ったく、嘉神の野郎。アフターケアを押し付けるなら、紹介くらいしとけって」

ぶつぶつと呟《つぶや》く大輔を、視線で窘《たしな》めると、竜憲は改めて男の様子を観察した。

きょろきょろと、周囲を見まわす男には、まず間違いなく霊のたてる音が聞こえているようだ。

ぴしっと虚空《こくう》が鳴るたびに、びくりと首を竦《すく》めている。

「すみません。久保田先生は、いらっしゃいますか？」

「久保田先生……ですか？」

「ええ、卒業生です。ちょっと、先生にお話があって、伺ったんですが……」

人間の相手は大輔に任せたほうがいいだろう。

一応、笑みを浮かべて大輔とともに歩く。

小柄な男は、目を丸くして大輔を見上げていた。

「久保田先生、いらっしゃいませんか？　車があったみたいですけど……」

「あー、はい。えーと……」

「姉崎《あねざき》です。呼んでいただけますか？」

ぴしっと、一際《ひときわ》大きな音が走る。

びくっと身体《からだ》を震わせた男は、そのまま職員室に駆け戻っていった。

「……まったく、何が中野《なかの》先生を紹介しろ、だ。彼がそうだっていうのはとっくに判ってるんだろう？　……で、何を企《たくら》んでいるんだ？」

久保田《くぼた》は、中野よりまだ背が低い。

百六十センチもないだろう。そのせいで、大輔《だいすけ》の顔を見る時には、顎《あご》を突き出すような格好になる。

昔から薄かった頭頂部の毛は、今や風前の灯《ともしび》という趣になっていた。

その、つやつやとした頭が、かくかくと揺れる。

「座れ、座れ。……まったく、タテにばっかり伸びて……。卒業してからまた伸びただろう」

久保田という名前を覚えていなかった竜憲《りようけん》も、昔と少しも変わらない繰り言を聞いて、記憶を甦《よみがえ》らせたようだった。

手近な椅子《いす》を引っ張ってきた大輔は、ひとつを竜憲に渡した。

その様子を見ていた久保田は、呆《あき》れ顔《がお》で訊《き》いてくる。

「で、姉崎《あねざき》、相変わらず、大道寺《だいどうじ》に付《つ》き纏《まと》ってるのか？」

「なんですかそれ」

「友達のよしみで、タダでお祓《はら》いとかしてもらってただろう？　大道寺に無理やりやらしているんじゃないかって、問題になっていたぞ」

ぎょっとして、大輔は小柄な教師の顔を眺めた。

学校の外の行動を、教師に知られているなどと、考えたこともない。はっきり言えば、教師などバカにしていたし、学校内で問題を起こしたことがない自分の行動を、彼らが監視するとは思いもしなかったのだ。

それだけ子供だったというか、浅はかだったというべきか。

「で、また幽霊騒ぎか？」

「思い当たるんですか？」

「というか……中野はなぁ。ここの生徒だった頃から、騒いでいたしな。——大道寺を連れてきたのは、どこからか聞き込んだからだろう？」

さすがに、現在の大輔の仕事までは把握していないらしい。

ほっとして、大輔は心底からの笑みを浮かべた。

「大道寺の秘書をやっている姉崎です。……実は、同業者から、様子をみてくれと頼まれまして……」

悪戯《いたずら》っぽく笑ってみせる。

と、久保田は破顔した。

「なるほどな。いいように使っていた大道寺に、使われているのか？」

「まぁ、そんなところです。で、中野先生ってのは……本当に見えるんですか？　騒いでいるだけだとか？」

無理やり話を引き戻すと、久保田も真顔になった。

「どうだろうな。何もないふりをしているようだが、生徒の中にも騒ぐ者がいてなぁ。去年の——二学期の中間テストの後ぐらいだったか——目新しい怪談が流行《はや》って、その頃、少し悩んでいたみたいだが……」

中間テスト。

恐ろしく懐《なつ》かしい言葉を聞いたような気がして、大輔は苦笑を浮かべた。

テストや学校行事で季節を測らなくなってずいぶんになる。おかげで教師の言う時期を認識するのに、簡単な変換が必要だった。

「十月頃ですよね」

嘉神《かがみ》曰《いわ》く、学校が大掃除された頃だ。

何もいないことに不審を覚えたと言うのだから、中野の能力は本物なのだろう。

実際、中野の不安は、霊能者にとってはずいぶんとややこしい仕事だった。

直前には、現実に生徒が校内で不審な死に方をしているのだから、目新しい怪談が流《は》行《や》っても不思議はない。それとも、怪談のほうが先だろうか。どちらにしても、強力な蠱《こ》の関《かか》わった異常な事件が、この学校の中で起こったことには間違いがない。

「そうだ。……そういや、お前。その頃、訪ねてきたんだろ。やっぱり関係あるんだな」

そういえば、その問題の時期に、ここを訪れた時には、たまたま久保田はいなかったのだ。今思えば、警察や生徒の親のところに出向いていたのかもしれない。

後で自分たちの来訪を聞いたのなら、顔を合わせた途端に、何を企《たくら》んでいるなどと言い出した理由もなんとなく判る。

下手《へた》をすれば、大輔が大道寺に就職したことも、噂《うわさ》ぐらいは知っていたかもしれない。

何も知らない顔でいるのが、いかにもベテランの教師というところだろうか。

「ちょっと、校内を回ってもいいですか？　できれば、中野先生を紹介していただきたいんですが」

少しは秘書らしくしようと、大輔は居住まいを正した。

「中野先生」

久保田が大声で呼ばわる。

「……この二人は、私の教え子でね。君の先輩になるか……。どうやら、君の話が聞きたいらしい。ちょっとつきあってやってくれんか？」

「あ……はい」

先輩教師に命じられて、逆らえるはずがない。

のろのろと近づいてくる小柄な男は、脅《おび》えを含んだ目を大輔に向けていた。

若いとは思っていたが、自分たちのほうが先輩だったとは。

「嘉神の代理で参りました」

にっこりと笑ってみせる。

どう足掻《あが》いても、親しみやすいキャラクターを演じることはできないのだが、少しは緊張を解いてもらいたかった。

「……嘉神さんの……」

「はい」

「嘉神さんは……」

「火急の用件で、出かけることになりまして。私どもに連絡が入りましたので……」

「姉崎」

芝居がかった大輔の言葉を、久保田が遮った。

「……デカいのが、姉崎大輔。そっちが大道寺竜憲。……中野先生なら、判るかもしれないけど……あの大道寺ですよ。生徒だった時から、色々とやっていたみたいだから、学校の異変には詳しいと思いますよ。お手数ですが、案内してやってもらえませんか」

この若手の教師は、久保田にとっては生徒みたいなものらしい。中野のほうも大先輩に逆らうこともできず、ぎこちなく頷《うなず》いていた。

「じゃあ、案内していただけますか？」

「はい……。こっちへ……どうぞ……」

軽く会釈《えしゃく》した中野は、立ち上がった大輔を眩《まぶ》しそうに見上げて、肩を落とした。

どうやら、長身の人間が苦手らしい。判らないでもないが、これぱかりは大輔にはどうしようもない。だいたい、こんな神経質なのに教師などやっていけるのだろうか。

気が進まない様子で職員室を出た中野は、大輔を見上げては溜《た》め息《いき》を吐《つ》いた。

それでも、竜憲のほうには近づかないあたり、何かを感じているのだろうか。

「中野先生。……嘉神に相談なさった内容を教えていただけませんか？」

びくっと身体《からだ》を震わせた中野は、こわごわと大輔を見上げた。

「何か見えます？」

「いや……。見えるとかそんな……」

やはり、霊能力らしきものを持っているようだ。職場に霊能者を呼ぶのだから、ある程度は、自分の力に自信を持っているのだろう。

「けど、判るんでしょう？　まさか、デカいから俺が怖いとか言わないでくださいよ」

「すみません……」

ここまで萎縮《いしゅく》されるとは思ってもいなかった。

嘉神も、曲がりなりにも霊能者なのだ。しかも、妙な獣を二匹も連れ歩いている。その嘉神より、自分たちのほうが化け物だと言われたような気がして、大輔はひどく気分が悪かった。

「……何かまずいものが入り込んででしょう？　どこにいるか、教えていただけませんか？　このままだらだらと学校の中を虱潰《しらみつぶ》しに歩くというのは、時間の無駄だと思いますが」

足を止めるのが恐ろしいとでもいうのか、中野は職員室を出てから、ずっと歩き続けていた。

目的などない歩き方だ。

ただひたすら、足を交互に出しているだけだ。

「あ……はい。化学室です。……だと、思います……」

ようやく、意味のある言葉を吐いた。

中野とまともな会話を交わす努力をするより、怪しいという化学室に乗り込んだほうが早いだろう。

幸い、学校の内部は完全に把握している。

「リョウ、さっさと片づけよう」

唇の端を軽く引き上げることで応じた竜憲は、口を開く気はないらしい。

そのくせ、ずっと中野に注意を払っている。

なぜかひどく脅《おび》えている中野を、これ以上刺激しないように注意しているのだろうか。

それとも、中野に取《と》り憑《つ》いている何かが、竜憲には見えているのだろうか。

「……まったく、面倒なことを……」

誰にも聞こえぬように口の中で呟《つぶや》く。

大抵の場合、面倒なのは霊そのものではなく、霊をどうにかしてほしいと泣きつく人間のほうだ。

なんの遠慮もなく溜《た》め息《いき》を吐《つ》いた大輔は、階段を上り始めた。

4

大きなステンレスのテーブルの端に、深い陶製のシンク。

全面に細かいすり傷が入って、鈍く光るテーブルと、内側がびっしりと罅《ひび》に被《おお》われ、茶色く変色したシンクは、どちらも年代物だ。

本当は解剖するために造った施設で、以前にマッド・サイエンティストな教師が、野良《のら》犬《いぬ》を片端から殺して、化学室にはその霊が憑《つ》いているとか、巨大なシンクに顔を突っ込んで殺されていた先輩がいるとか。

この化学室には、昔からちょっと毛色の変わった〝学校の怪談〟が伝わっていた。

実際、放課後の化学室で、シンクからだらりと垂れた足を見たと言いだす生徒もいて、竜《りょう》憲《けん》が泣きつかれたこともあった。

ひょっとすると、悪戯《いたずら》好きの彼が戻ったのではないか。

そんなことを考えていた竜憲は、室内を見まわして、溜《た》め息《いき》を吐《つ》いた。

やはり、彼も消えてしまったらしい。

時々、音をたてたり、姿を見せたりして、生徒を驚かせてはいたが、決して悪いものではなかった。

竜憲たちが在学している頃からあった施設が、そのまま残っているとは思いもしなかったが、実際には変わったのは彼の存在だけだった。

懐《なつ》かしげに室内を見まわす大輔《だいすけ》は、彼がいたことも知らないだろう。

もしかすると、中野《なかの》は気づいているかもしれないが。

化学室が近づくにつれて、足が重くなるのは、何かに脅《おび》えているからだろう。

「……何か……いるんです。……そこの窓の外を……」

こわごわと指差す中野は、開け放ったままの扉の前で突っ立っていた。

「窓の外に変なものが……」

火を吐く生首を見たとか、ぞろりと伸びた髪がゴーゴンの蛇のように襲いかかってきたとか訴える人もいる。

実際に、そういうものがいることは、竜憲は身をもって知っていた。

それと同時に、人を脅《おど》すために、化け物の姿を借りる雑霊もいることも事実だ。

純粋な恐怖は、それだけで凶器になり得るから、雑霊の仕業と見逃すことはできない。

特に、思春期の子供が集まる学校に巣くうものには、注意を払わなければならなかった。

それが科学的な人間に否定されるものであっても、である。

誰かの精神に傷をつけるものなら、やはり、それは現実だ。

人間の精神状態が、その人間自身の身体《からだ》も蝕《むしば》むことは、誰も否定しないだろう。ストレス性の胃炎やら頭痛やら、枚挙にいとまはない。

被害者にしてみれば、その原因が、何かということには意味はないのだ。中には、本当にこの世のものではない原因がある場合もあるから始末が悪い。

首を竦《すく》めた竜憲は、窓に向かって足を踏み出した。

二列目のテーブルの並びを踏み越した途端に、周囲の空気が変わる。

霊が存在する空間は気温が下がるなどとよく言うが、確かに少し寒いかもしれない。

部屋の中にも、明らかに線が引かれているようだ。テーブルの間を抜けると、空気はどんよりと澱《よど》んで重くなった。

当然、離れずに付いてくる大輔にも、それは感じ取れたらしい。

露骨に警戒しているのが、見なくても伝わってくる。

「中野先生。……もう結構ですから。……後でまた、職員室のほうに伺います」

振り返らずに、それだけ告げる。

「は……はい」

応じた時には、もう、中野の足は動きだしていただろう。

瞬《また》く間に足音が遠ざかる。

と、大輔が小さく舌を鳴らした。

「何？」

「扉くらい閉めてけって……」

ぶつくさと呟《つぶや》いた大輔が、教室の扉を閉めに戻る。

一瞬、大輔が戻るのを待とうかとも思ったが、かまわずに窓に歩み寄った。

閉めきった窓の外を覗《のぞ》いてみる。

中野の言うような変なものなどいない。

が、ここまで、空気が異常な状態で、何もいないということはないだろう。

ふと思いついて、窓を開けてみる。

「あれ？」

何かが違う。

しかし、何が違うのかよく判らない。

一度窓を閉めて、再び開けてみた。

窓から見えるものが、違っているわけではないようだ。

「どうした？」

背後から近づいてきた大輔が、訝《いぶか》しげに問う。

「判んないけど……何か違う……」

「判らない？」

訊《き》き返《かえ》してきた大輔は、思いきり眉《まゆ》を顰《ひそ》めた。

そして、窓をぴしゃりと閉じる。

「本当に判らないか？」

「え？」

「季節が違うだろう」

「あ……」

確かに、窓越しに見える桜の樹《き》が違う。

満開になるにはまだ少し時間があるが、ちらほらと花が開き始めたはずだ。ところが、窓ガラスを通して見る景色は、もっと寒々しい。真冬とは言わないが、少なくとも、枝を見る限り、蕾《つぼみ》が膨らみ始めているなどという風情《ふぜい》ではない。

そう思ってみると、ほかも違った。

空の色も何もかも。

総《すべ》てが、少しずつ違うようだ。

季節が半年もずれていれば、あるいは、外の桜が満開にでもなっていれば、すぐに判ったのだろう。

「なんで？」

霊障で時間がずれるなど、あまり聞かない。

それこそ、時間のずれた空間にでも引き込まれた、とでもいうなら話は別だが。

「幻視ってやつか？　この窓に映るものが変えられているんだろうな」

大輔が妙に冷静な推論を述べる。

「何かが、違うものを見せてる？」

「さぁ、しばらく見ててやろうじゃないか」

不敵な笑みを浮かべた大輔は、窓際《まどぎわ》に椅子《いす》を引き寄せると、どっかりと腰を下ろした。

いつもの癖でポケットから煙草《たばこ》を取り出す。

さすがに、ここがどこだか思い出して、そのままポケットに戻されたが。

「……そういえば、窓の外を走る野球部員ていうのを聞いたことがあるな……。あれは本物だったのか？」

「色々な噂《うわさ》があったねぇ」

窓に寄りかかるようにして外を眺める竜憲は、のんびりと応じた。

「ほとんどが噂だけだったよな。お前に話を持ち込んで、偽物《にせもの》だのなんだのって騒いでた奴もいたもんな」

「そうだね」

どうして、こんなにのんびりとした気分になれるのか、自分でも不思議だった。

つい半年まえに訪れた時は、昔話をする余裕もなかったのだが、今は悠然と待っていられるのだ。

「本物はどれぐらいいたんだ？」

「結構多かったよ。大抵はほっといてもいいようなものだったけどね」

「そういやぁ、ありがちな幽霊話を相談された時は無視してたな。やっぱりでっち上げだったのか？」

「ほっといたほうがいいのもあるしね。……ここの怪談なんかいい例だよ。派手なわりには、あんまり怖がられてなかっただろ？」

「そうか？　ガスバーナーが天井まで吹き上がったってのが……」

言いながら、大輔は天井を見上げた。

「跡なんかなかっただろ？　前髪が焦《こ》げたって騒いでたのに、結局何もなくって、授業妨害だって怒られていなかったっけ」

「……視《み》てみろよ」

大輔がくいっと顎《あご》をしゃくる。

視線の先を目で追った竜憲は、軽く唇を舐《な》めた。

ぎょろりとした目が、いた。

薄汚れた天井の石膏《せっこう》ボードが開き、目が覗《のぞ》いている。

石膏《せっこう》ボードの皮膚を持つ巨人が、片方の目だけを開いているというところだろうか。

「やっぱり、天井板のほうが格好がつくな」

ぼそりと呟《つぶや》いた言葉は、いかにも大輔らしかった。

油染《あぶらじ》みが浮いて、蜘蛛《くも》の巣が引っかかった木の板は演出効果でも、汚い石膏ボードは興《きょう》醒《ざ》めということになるらしい。

「で、これが……」

言葉を呑《の》み込《こ》んだ大輔が勢いよく立ち上がる。

倒れた椅子《いす》が思いのほか、騒々しい音をたてた。

5

ぼと。

音をたてて目玉が落ちる。

ぽっかりと開いた天井の眼窩《がんか》から、ぼたぼたと血が滴《したた》り、咽《む》せるような臭《にお》いが、あたりに漂った。

「なんだこれは……」

避《よ》け損《そこ》ねて、肩に掛かった血を指で擦《こす》った大輔《だいすけ》が、思いきり顔を歪《ゆが》めた。

「油か何か?」

竜憲《りようけん》の問いに、指を鼻に近づけた大輔は、皮肉げに顔を歪める。

「……血だ……」

大輔の反応に、竜憲は眉《まゆ》を顰《ひそ》めた。

まさか。

この部屋に居座っているものは、生徒を脅《おど》そうとする、雑霊の類《たぐい》だと思っていた。

奇妙な声や、影。そして血のような液体。

人間を脅《おど》すには、一番効果的なものだが。

「……まずいな……」

本物の血を使うもの。それは、思春期の子供を脅して喜ぶ雑霊などではないということだった。

「ああ……まずいな。……まさか昔から、こんな奴がいたとか言わないでくれよ……」

「違うよ。……知ってるだろ？　奇麗《きれい》さっぱり何もいなくなってたじゃないか。……きっとどこかから……」

床に落ちた目玉が、ぎょろりと動く。

血の海の中で、真っ白に目玉が浮かび上がっていた。

「こんなものがどこから来たって？　そこいら辺をふらふらしているものじゃないだろうが」

大輔の言うとおりだ。

どこかに封じられていたものが彷徨《さまよ》い出《で》たか、学校そのものを封じる器としたか。

「どうする？　このままぶった切るか？」

「待て。……どこにいたのか……」

止める間もなかった。

黒い影が走ったと思うと、目玉が真っ二つに断ち切られていた。

「だい…すけ……じゃないのか……」

大輔の腕は、宙に浮いたままだった。

血のべったりと貼《は》り付《つ》いた手を、厭《いや》そうに宙に浮かしている。

幻の剣を振るったわけではない。大輔の手は、これ以上服を汚さないために、中途半端《ちゅうとはんぱ》に浮かされていたのだ。

「素戔嗚《すさのお》？」

「……のようだな……」

しゅうしゅうと音をたてて、目玉が溶けていく。

それなのに、血はそのまま残っていた。

「……これを掃除しろって？」

「先生に相談するしかないんじゃない？」

天井にぽっかりと開いていた眼窩《がんか》は消えている。

だが、血はべったりと貼り付いていた。

「……本当の本物みたいだね」

力ない笑みを見せて肩を竦《すく》めた竜憲は、教室の後ろに視線を向けた。

小さなロッカーには、掃除用具が入っているはずだ。

「やめとけ、やめとけ。中途半端《ちゅうとはんぱ》に掃除なんかしたら、余計に怪しいぞ。痛くもない腹を探られるぐらいなら、すぐに呼びに行こう」

　こういう時は大輔の忠告を聞いたほうがいいだろう。

「けど、手ぐらいは洗っとけば？」

「そうだな……」

　左の肩の染《し》みはどうしようもないだろう。こんな日に限って、白っぽい上着を着ているのだ。

　手近なシンクの蛇口に手を伸ばした大輔が、そのまま動きを止めた。

「大輔？」

　水も出さずに、何をしているのだろう。

　そう思って、歩み寄った竜憲は、何気なくシンクを覗《のぞ》き込《こ》んで、息を呑《の》んだ。

　深さが五、六十センチはあるシンクに、血が満たされている。

　いや、排水口から湧《わ》き出《だ》しているようだ。

　見ている間にも、血はどんどん増えて、やがてシンクの端から溢《あふ》れ出《だ》した。

「……大輔……。下がって……」

　以前、教師が野良犬《のらいぬ》を何十匹も殺したという噂《うわさ》は、未《いま》だに生き残っているのかもしれない。噂が真実かどうか、確かめようとする生徒もいないだろう。

センセーショナルな噂《うわさ》を面白おかしく脚色する連中は、幾らでもいるようだが。

「なんなんだ、これは……」

「妄想……だと思う……」

質《たち》の悪い麻薬でもやったら、こんな映像が見えるのかもしれない。

「誰かの妄想を、俺たちに見せようとしてる奴がいるのか？」

「おれたちぐらいにしか、見せられないんだよ。……ひょっとすると、中野《なかの》先生は見たことがあるかもしれないけど」

ひょいと眉《まゆ》を上げた大輔が、自分の手をじっと見据えた。

と、べったりと貼《は》り付《つ》いていた血が、消えていく。床の血も、シンクの血も。

妄想が貼り付いていたのだ。

「窓の外って言ってなかったか？」

「それもきっといるよ。……二階の窓の外を走っている……」

言いながら、視線を窓に向ける。

案の定、そこを野球部の部員が走っていた。

もちろん、そこにはベランダも外廊下もない。何もない中空を真剣な顔をして走っているのだ。

アンダーシャツ姿の野球部員は、ばっくりと頭が割れて、血が流れている。

「……あいつは、デッドボールでもぶつけられて死んだのか？　それとも事故か？　……俺たちの頃は、病気で死んだ部員だって話になってただろう？　甲子園《こうしえん》出場の直前に死んだとか……」

「さすがによく知ってるね」

学校の怪談話も、どんどん血腥《ちなまぐさ》い方向に変化しているらしい。

元々のきっかけになった霊が、奇麗《きれい》にいなくなってしまったために、高校生の妄想に歯止めがかからなかったのかもしれない。そして、その妄想を雑霊が形にする。

具体的に何かを訴えたい霊がいなくなったのだから、それも、当然と言えるだろう。

「まったく、無責任に怪談話を流しやがって……」

先輩から伝えられた話が、ここ半年で恐ろしいほど変質してしまったようだ。

「まぁ、タイミングはよかったんじゃない？　新しい一年生が入るまえで……。このままじゃ、本当に血みどろの学校っていう怪談ができあがるところだったんだよ」

「まさか、嘉神《かがみ》は、それが判ってて急がしたんじゃないだろうな……」

「そうかもね……」

窓を開けた竜憲は、ゆっくりと両手を差し出した。

「……どうしたの？　傷、痛くない？」

元は、どこかを漂っていた霊だろう。

現世に執着した理由も、自分の姿さえ忘れてしまったものが、学校に引き寄せられて、生徒たちが抱く恐怖のイメージを吸収したらしい。

少なくとも、この少年はそうだった。

「大丈夫だよ……。いつまでもそこにいたら、寂しいだろう？」

少年がこちらを見た。

と、それは中年の男の姿に変わっていった。

「そこじゃ、寒いでしょう。……どうぞ、こっちへいらしてください」

ふらふらと、近づいてきた男が、寸前で止まって、竜憲の顔をまじまじと眺めた。

かくっと首が垂れ、そのまま、深々と礼をする。

膝《ひざ》に頭がつかんばかりに、身体《からだ》を真っ二つに折るような礼をした男は、ひどく悲しげな笑みを浮かべて、竜憲の手を取った。

ふわっと、宙に溶けるように、姿が消えた。

「……ろくでもない怪談を流行《はや》らせた奴らが、この騒動の犯人か？」

「そうだね……」

どうやら、学校じゅうを回って、面倒なものを片づけたほうがよさそうだ。

生徒たちと共存できるものたちには残ってもらって、新たなものが入り込まないように、席を埋めたほうがいいだろう。

「暗くなるまえに、一通り見まわろう」

「……ああ」

さしもの大輔も、この状況で放《ほう》っておけとは言わないようだ。

アフターケアは嘉神に任せるにしても、新入生を迎えるまでに、大物を片づけておいたほうがいいのは間違いない。

室内を見まわして、異変の痕跡《こんせき》が残っていないことを確認した竜憲は、最後にちらりと天井を見上げた。

素戔嗚があの目玉に反応した理由が判らない。

だが、大輔はなんの異常も感じていないようだった。

ひょっとすると、素戔嗚と曰《いわ》くのあるものが紛れ込んでいたのだろうか。

今となっては、調べようもない。

密《ひそ》かに溜《た》め息《いき》を吐《つ》いた竜憲は、化学室を後にした。

第二章　止まる時間

1

学校じゅうを見まわるのは、かなり骨の折れる労働だった。

実際、ただ校内を巡回するだけでも、隅々までとなると、立派な運動だ。しかも、怪しいものを見つけるたびに、立ち止まって一仕事する。

疲れるのも当然だった。

「疲れた……」

ようやく自分の車に戻ると、竜憲《りょうけん》は大きな溜《た》め息《いき》を吐《つ》いた。

「……たく、気軽にこんなこと頼みやがって。……絶対、この貸しは取り戻すからな」

大輔《だいすけ》の気持ちは判らないでもない。

何しろ、悪さをしそうなものは、ほとんど大輔が掃除したのだ。竜憲とて、何もしなかったわけではないが。

「さっさと帰ろうぜ」

「何年分も纏《まと》めて仕事した気分？」

「そう……それだ。ま、これくらいで仕事したとか言ったら、溝口《みぞぐち》さんには笑われそうだけどな」

「楽してた罰だね」

「だな」

意外にあっさりと賛同した大輔は、ゆっくりとシートに腰を落ち着け直した。

「じゃ、帰ろっか」

そそくさとシートベルトを着用する大輔を横目に見て、竜憲は静かに車を発進させた。

後は帰るだけ。

ちらりと時計に目をやった竜憲は、密《ひそ》かに罵《ののし》った。

五時まであと少し。

バイパスまで辿《たど》り着《つ》く頃は、ちょうど渋滞が始まっている頃だ。上り方向になるだけに、下り車線よりはましかもしれないが、決して順調なドライブにはならないだろう。

「疲れてるんだから、ゆっくりりな」

言われるまでもなく、否応《いやおう》なくゆっくりになるに決まっていた。

大輔の忠告に、半分上の空で頷《うなず》いて、学校の敷地を出る。

竜憲の印象の中でも、あまり変わっていないはずの学校の周辺の風景が、別のものに見えた。

疲れているせいだ、そう自分に言い聞かせて、車を操る。

だが、駅前の通りに出た時点で、気分のせいではないと実感した。

間違いなく、来た時とは違和感がある。

「今、五時だよねぇ？」

「……ああ、そのわりには、ずいぶん空《す》いてるがな」

相変わらず、大輔の口からは呑気《のんき》な答えしか返らない。

「変じゃん」

車どころか、歩道に人影すらない。

「確かに変かもな。通行止めでもされてるみたいだ。──不発弾でも出てきたか？」

大輔も、ようやく真剣にあたりを見まわす。そのくせ、言うことはどこか変だ。

「不発弾？」

「まえにあったろ？　不発弾処理で電車まで止まって避難したヤツ」

「まさかぁ」

「バカ。マジに取るな。そんなことがあったら、自衛隊《じえいたい》とか警察が大々的に道路封鎖してるさ。立ち入り禁止の看板立ててな」

「だよね」

「たまたまだろ？　空白の一瞬てヤツだよ」

「そうかなぁ……」

「ほかに何があるって？」

「そりゃ、まぁね」

曖昧《あいまい》に応じた竜憲は、ゆっくりと車を走らせた。

それこそ、異変のある教室に足を踏み入れた時のように、明らかな変化があったなら、調べてみようとも言えるのだが、人がいないから、では説得力がないだろう。

実際、人の気配がないから、違和感を感じるのだと思えば、自分でも納得してしまう程度のものなのだ。

それでも、アクセルを踏み込む気にならない竜憲は、慎重に車を走らせていた。

「トロトロ走ってたらカブるんじゃないのか？」

「まあね……」

普段は、ほとんどタコメーターしか気にしていない。大輔などは、スピードが出ていると文句をつけるが、竜憲にしてみれば、回転数を合わせているだけだった。

ところが、今日は車のご機嫌を伺う気にもならなかった。

前にも後ろにも車は見えないし、対向車もいない。それどころか歩行者もいないのだから、気持ちよく走ることはできるはずなのに、である。

「……やっぱり、妙だな……」

ウィンドゥを開けた大輔は、身体《からだ》を起こして周囲を見まわした。

「なんの気配もない……」

「……うん……」

「これで何もないっていうんなら、大がかりなエイプリルフールだな……。どんな化け物が仕組んだのかは知らないが……」

「不発弾よりまだ笑えないよ、それ……」

冗談にならないところが厭《いや》だ。

「奴らがそこまで人間の習慣を熟知しているんだとしたら……。あんまりぞっとしない話だな……」

「誰かが利用しているって？」

「ああ……」

ウィンドゥを閉めた大輔が、シートに身体を預けた。

ひどく不機嫌な顔をして、煙草《たばこ》を銜《くわ》える。

何かが起こるかもしれない。

起こらないかもしれない。

その予兆も摑《つか》めないから、戸惑っているのだ。

「……鳥はいるみたいだな……」

鴉《からす》が飛んでいた。

「犬もいるな……」

道路沿いの建物の脇《わき》に、白い犬が繋《つな》がれていた。

「信号も生きている」

車の一台も見えなかったが、竜憲は赤信号に従った。

考えてみると、初めて止められたような気がする。

「……あれ？」

交差する道路から、車が流れ込んでくる。

対向車線の停止線に車が止まり、その横をすり抜けるようにして、バイクが二台、車の前に止まった。

気がつくと、後ろにも、横にも車が止まっている。

音も甦《よみがえ》った。

自転車。

歩行者。

瞬《また》く間に、街らしい喧騒《けんそう》が戻ってきた。

「……なんだったんだ？」

ぼそりと呟《つぶや》いた大輔は、再びウィンドゥを開けた。

と、即座に閉める。

斜め前に止まった、トレールバイクの排気ガスをもろに吸ってしまったらしい。

車高が低いせいで、マフラーの位置にウィンドゥがくるのだ。そういう単純なことに、腹を立てられるのも、普通の世界に戻ってきたからこそである。

くすりと笑った竜憲は、密《ひそ》かに溜《た》め息《いき》を吐《つ》いた。

無責任なようだが、妙な状況から抜け出せてほっとしている。

というより、何も起こらなくて、と言うべきか。

思う以上に疲れているのだ。正直言って、今の状態で妙なことに巻き込まれたら、満足な対応ができる自信がない。

「二人揃《そろ》って、幻覚でも見たか……」

「それが結論？」

「というより、希望的観測」

「その説、信じるよ」

「珍しい」

不機嫌に応じた大輔が、もぞりと身動《みじろ》ぐ。

「だって、引き返しても無駄そうじゃん」

車の後方に並んだ車をミラー越しに眺めて、竜憲は溜め息混じりに答えた。

同じように大輔も応じる。

「確かにな。闇雲《やみくも》に走り回る元気は残ってない」

そのとおり。これから先の渋滞を乗りきるだけでも大変そうなのだ。

「まあ、渋滞のほうが怖いかもね」

視界の隅で、大輔が首を竦《すく》めるのが見える。

「おい……信号変わった」

言われなくても、前に止まったバイクのけたたましい2《ツー》ストロークエンジンの音が教えてくれる。

のんびりとシフトノブを動かした竜憲は、前方に見えてきた立体交差をうんざりと眺めた。

思う以上に混雑しているようだ。

「カーナビほしいかな」

「この車のどこに積むって？」

「そうだけどさぁ」

「だいたい、この辺はどこ回ったって混《こ》んでるよ。無駄無駄……」

冷たく言い放った大輔を、ミラー越しに眺め、竜憲は何度目かの溜《た》め息《いき》を吐《つ》いた。

とにかく、この渋滞を抜けて、一休みしたい。

考えなければならないことも、調べなければならないことも幾らでもあるのに、考えが纏《まと》まらないのだ。

「なんだったら、適当な店に入って、渋滞をやり過ごすか？」

大輔が見ても、疲れていると判るのだろう。大輔自身も、今にも眠ってしまいそうな顔になっていた。

「おれだったら大丈夫だから、寝てれば？」

「大丈夫だ」

そう言いながらも、大輔は瞬《まばた》きを繰り返している。

「まずくなったら、どっかに止めて休むから。気にせずに寝てろって……」

できれば、家に帰りつきたいのだが、下手《へた》をすれば本当にどこかで休むことになるかもしれない。

息を吐いた竜憲は、視界いっぱいに並んだブレーキランプを、うんざりと眺めた。

2

泥のように眠る、という表現があるが、大輔《だいすけ》の眠りはまさしく泥沼に沈んだようなものだった。

眠ったという意識も残らないような、半分死んでいたような深い眠りではない。

脱力した身体《からだ》があるという意識もあるし、今自分が眠っているということを意識しながら、眠る状態。

そんな感じだった。

目が覚めても、身体に泥が詰まっているような気さえしている。

「……くそ……」

のそのそと寝床から抜け出した大輔は、文机《ふづくえ》の煙草《たばこ》に手を伸ばした。

かちかちとライターを打ち鳴らして、煙草を吸《す》い点《つ》ける。

「はあ……」

煙を吐いているのか、溜《た》め息《いき》なのか、自分でもよく判らない。

たっぷりと眠ったはずなのに、疲れが取れていなかった。

「……たく、普段サボってるツケか……」

さして手ごわいものを相手にしたわけではない。確かに数は多かったが、翌日まで疲労が残るとは思ってもいなかった。

「……何時だ？　いったい……」

雨戸を閉めたままの窓から差し込む光が、強い。

下手《へた》をすると昼が近いかもしれない。

「参ったな……」

顳顬《こめかみ》を摑《つか》むように押さえると、低く唸《うな》る。

まだ、布団《ふとん》の中で泥になっていたい気分だ。

「あ、と……」

慌てて立ち上がった大輔は、身体《からだ》を折るようにして煙草《たばこ》を灰皿に捩込《ねじこ》むと、部屋を飛び出した。

竜憲《りょうけん》が、雑霊に休息を邪魔されるのは、いつものことだ。疲れがひどい時は、竜憲の部屋に布団を持ち込むというのが、大輔の一番の仕事だった。

無意識のうちに雑霊を薙《な》ぎ払《はら》うという特異体質が、唯一役に立つ機会だし、竜憲の役に立っていると自覚できる時でもある。

それなのに、自分の部屋で寝こけていたらしい。

パジャマに着替えることもせずに、昨日出かけた格好のままで。

それどころか、布団《ふとん》を敷いたことも、はっきりとは覚えていない始末だ。

「リョウ……大丈夫か？」

竜憲の部屋の前で、声を殺して呼ぶ。

答えはなかった。

もし、雑霊に眠りを妨げられるほど弱っていたら、真紀子《まきこ》の部屋で休んでいるかもしれない。

それとも、大輔と同じように、泥のように眠っているのだろうか。

そろりとドアを開けた大輔は、眩《まぶ》しいばかりの室内に、眉《まゆ》を寄せた。

雨戸が開けられている。

ついでに、時計を見ると、そろそろ昼だった。

昨夜は夜も早いうちに帰ってきたはずだから、十六、七時間も眠っていたらしい。

身体《からだ》が怠《だる》いのも道理だ。眠りすぎである。

「なんてこった……」

竜憲はとっくに起きているのだろう。

苦笑を浮かべた大輔は、洗面所に向かった。

ざっと顔を洗うと、歯ブラシを銜《くわ》えたまま自分の部屋に戻った。手早く布団《ふとん》を畳み、雨戸を開ける。

洗面所に戻って口をすすぐ。

「……さてと……」

そういえば、昨夜、会う予定だった客は、どうしたのだろう。

まさか、竜憲が一人で対処したのだろうか。

確かめたほうがよさそうだ。

事務所に向かった大輔は、途中で携帯電話の呼び出し音に足を止めた。

「なんだ？」

鳴っているのは、ズボンのポケットだ。

どうやら、携帯電話を突っ込んだまま眠っていたらしい。眠っている時も、起きてからも違和感を抱かなかった自分に呆《あき》れてしまう。

「……はい？　もしもし？」

『大輔？』

「リョウ？　どうしたんだ？　出かけてるのか？」

『悪い。手を貸してくれ』

「どこにいる？」

『小田急相模原《おだきゅうさがみはら》の駅』

「なんだと？　どうしてそんなところにいるんだ！」

『とにかく来てくれ。……また、後で電話するから』

通話が切れる。

「……あのバカ……」

何か引っかかることがあったのだろう。

一人で学校に向かったに違いない。

部屋に戻った大輔は、手早く着替えると、財布をポケットに突っ込んで、家を飛び出した。

駐車場に、銀色のスポーツカーが収まっている。

「……ちっ……」

よほどのことがない限り、竜憲は車で移動するのだが、車を捨て置く可能性があるとなると、突然、電車やタクシーを利用した。

そこまで考えたということは、面倒なことになると思っていたに違いない。

問題は、自分はどうするかだ。

少しだけ考えて、事務所に顔を出す。

「姉崎《あねざき》さん。どうしました？」

溝口《みぞぐち》が大輔を認めて近づいてくる。

「すみません。車貸してもらえますか？」

「車ですか？　かまいませんが……何かありましたか？」

一瞬ごまかそうかとも考えたが、正直に答える。

「いえ、リョウが一人で出かけてしまって、相模原まで来いとか言うものですから」

「若先生がですか？　ですが、車は……」

溝口がそう言うからには、事務所の車を借り出したわけでもないらしい。

「それが、自前の足で行ったらしくて。こちらには何も言っていきませんでしたか？」

溝口が、露骨に眉《まゆ》を顰《ひそ》める。

当然といえば当然だが、やはり、彼も竜憲が車で動かないことに、異常事態を想定したのだろう。

「私が、お送りしましょう」

「え……」

面倒なことになると思ったに違いない。大輔が辞退や気遣いを口にするまえに、溝口は車のキーを手にする。

「しかし……お忙しいんじゃ」

「いえ」

一言で否定されて、応じる言葉がなくなった。

今更、来てほしくないとも言えないし、何より、どこかで不安に思っている大輔には、断固として断るという意志もない。

そういえば、昨日の学校内での出来事を、溝口は聞いているのだろうか。聞いているとしたら、どこまで聞いているのだろう。

鬱々《うつうつ》と考えているうちに、溝口は事務所に詰めている弟子の一人に、幾つかの指示を与えると、先に立って事務所を出た。

大輔も慌てて後を追う。

「相模原のどこです？」

車に乗り込みながら、溝口が問う。

「あ……小田急相模原と言ってました」

「判りました」

あっさりと応じた溝口が、車のエンジンをかける。

「あの……」

「なんでしょう？」

「大したことじゃないんですが。昨夜、リョウは何か言ってましたか？」

「いえ、特には。……学校に色々な雑霊が入り込んでいたとは伺いましたが」

「……昨夜、九時以降に、客が来る予定になっていたんですが。まさか、リョウ、一人で……」

「いえ。お疲れのようでしたので、私が代わりに……」

一人で無理をしたのではないと知って、ほっとした。

と、同時に、それほど疲れていたということが引っかかった。

不可抗力と言えるほどの障害がない限り、竜憲は依頼人との約束を守る。その竜憲が、キャンセルしたということは、話を聞けないほど疲れていたからだろう。

一晩ゆっくりと休んで、回復したから出かけたのだろうが、一人で動くのは無茶だとしか言いようがない。

「なぜ、お一人で出かけられたのでしょうか」

「……俺が寝こけてたからだと思います……。ついさっき、目が覚めたんですよ」

自嘲《じちょう》ぎみに笑った大輔は、シートに腰を落ち着けた。

ゆったりとした車内は、足を伸ばして楽に座ることができる。回転数がどうの、ギアがどうのと気を遣ってやらなくてもいい分、運転するのも楽だろう。それなのに、竜憲は自分の車に執着していた。

昨日も、この車を使っていれば、もう少し楽だったのではないだろうか。

「……昨夜、リョウが事務所へ行ったのも知らなかったんです。……護衛失格ですね」

「いえ。あまりに熱心だからですよ。……昨夜も、目も開けていられない状態なのに、雑霊を祓《はら》っておられましたから……」

どうやら、自力で車から降りることもできなかったらしい。下手《へた》をすれば、溝口以外にも何人かが、このでかい図体《ずうたい》を運んでくれたのかもしれない。

「我々もおりますから。倒れるまで力を使われると、若先生を守ることもできなくなりますよ」

「すみません……」

確かに。

ひとつずつは、そう大したものではなかったのだ。ちゃんと修行している弟子なら、充分に対処できただろう。何も総《すべ》てを自分で始末する必要はなかったのである。

竜憲に一人で行動しようと思わせるほど、弱った姿を見せたというのは、明らかなミスだった。

「それほど多かったんですか？」

取り成すように、溝口が穏やかな声で訊《き》いてきた。

「……確かに、手に余る数でしたよ」

どうしても溝口でなければ、と言って、彼に相談事を持ち込む人間が多いのも、納得できる。

これだけ話しやすい雰囲気を持っていれば、それだけでカウンセリングは半分成功したようなものだろう。

霊能者というのは、半分はカウンセラーだというのが大輔の持論だ。

そういう意味では、溝口は誰より有能な霊能者だった。

「あまりにも数が多くて、力の配分を誤ったようです……」

「いい経験をなさいましたね」

「……そう思うことにします」

こんな、呑気《のんき》なことを言っていられる状況ならいいが。

溜《た》め息《いき》を吐《つ》いた大輔は、上着のポケットに手を突っ込み、煙草《たばこ》がないことに気づいて、低く呻《うめ》き声《ごえ》をあげた。

3

電車に乗って、ものの五分としないうちに、竜憲《りょうけん》は密《ひそ》かに後悔していた。声をかけただけでは目を覚まさなかったからといって、大輔《だいすけ》を置き去りに出かけてきたのは失敗だったかもしれない。せめて、車で動くべきだった。自分で運転しないまでも、タクシーを利用するという手はあったのだ。

歩いて身体《からだ》を動かしている間はそれほど気にならなかったが、座席に腰を下ろしてしまうと、周囲の人間がそれと知らずに連れ歩いているちょっとしたものが、気になって仕方がなくなる。

生身の人間の視線は感じなくても、彼らの視線ははっきりと感じ取れるのだ。

それこそ、高校時代のように。

『どうして……。何をしたの……。どうして。ねぇどうして……』

右隣に座った若い男は、足に縋《すが》りついている女に気づいていないようだ。

いや違う。

右の足首が腫《は》れている。

よくよく見れば、ソックスに不自然な線が浮かび上がっていた。

包帯と湿布らしき筋を見ただけでは、普通の怪我《けが》なのか、女の手形を隠そうとしているのかは判らない。どちらにしても、肉体のほうは霊障を受けていると考えて、間違いないようだった。

『聞いて……。聞こえないの……。ねぇ……』

すぐ横に、聞ける者がいるのに、女は男にだけ訴え続けている。

向かいに座った老人は、ぼんやりとした光に包まれているし、その隣の女の抱えたバッグに浮かぶ目玉は、ずっと竜憲を睨《にら》んでいた。

どこからとも判らない視線もある。

見られているという感覚だけが際立《きわだ》って、そのほかの感覚が悉《ことごと》く曖昧《あいまい》なところも気持ち悪い。

これが続くのかと思うと、うんざりする。

次に扉が開いたら降りよう。何度もそう思った。そのくせ、駅に着くと、もう一駅と思い直して、扉が閉じるとすぐに後悔する。そんなことを繰り返していた。

だが、そろそろ限界だ。

途中で降りて、タクシーを使ったほうがいいかもしれない。

『ム・ダ・だ・よ』

誰かが、耳元で囁《ささや》く。

竜憲の不安に乗じて、雑霊が声を届けたようだ。

実際に、竜憲に害をなすほどのものがいるわけではない。

この車両に乗り合わせているものの中で、問題になるのは隣の若者に縋《すが》りついている女だけだった。それでも、じろじろ見られるのは気分のいいものではないし、気を張り詰めているのは疲れる。

自分が人間に見えないのであれば、雑霊を始末することも可能だ。ひっそりと、誰にも気づかせずに、なんの異変を感じさせることもなく流してやれるのならそれでもいい。

しかし、竜憲にはそれほどの力はなかった。

逃げ場のない電車の車内で、異変が起こればどうなるか、考えるまでもない。

さして害のない雑霊たちとは比べ物にならない被害が出るだろう。

黙殺するしかない。

膝《ひざ》に手を置き、目を閉じ、ことさらゆっくりと呼吸する。

目が青く光ったりしないように。

身体《からだ》が発光したりしないように。

以前は簡単だったそれらが、今はひどく努力を要した。

今更ながら、大輔の存在のありがたみが実感される。

彼ならば、竜憲が雑霊を意識するまえに、殲滅《せんめつ》してしまうはずだ。それが是か非かはともかく、彼と一緒にいる限り、些細《ささい》な雑霊に煩わされずにすんでいるのは確かである。

小さく溜《た》め息《いき》を吐《つ》いた竜憲は、耳を塞《ふさ》ぐことに神経を集中した。

見詰められる不快感より、囁《ささや》かれる意地の悪い言葉のほうが不安を煽《あお》る。

『お前……誰だ？』

不意に耳元で囁かれた。

思わず背筋が強張《こわば》る。

『誰だ？』

しつこく問われる。

無視した。

『誰だよ……』

一人の声ではない。

『聞いてよ。……聞けぇえっ！』

『お前だよっ！』

だんだんと声が苛立《いらだ》ち、悲鳴のような雑音に変わっていく。

「大丈夫ですか？」

突然、ひどく生々しい声が耳に飛び込んでくる。

それが、生きた人間の声だと気づくのに、少し時間がかかった。

「具合が悪いんでしょう？」

のろのろと顔を上げると、若い女が心配げに見下ろしている。

彼女と目が合うと、ふっと今まで竜憲を押し包んでいた圧迫感が消えた。

「あ……大丈夫です。すみません」

そう告げると、女は少し困った顔になる。

「……よかった。凄《すご》く顔色が悪かったから……」

呟《つぶや》いた女に微笑《ほほえ》んでみせると、言葉を足した。

「いえ、ちょっと、寝不足ぎみで」

答えながら、纏《まつ》わりつくような厭《いや》な視線の存在が希薄になっていることに気づく。

この女がいるせいだろうか。

もしかすると、大輔のような力があるのかもしれない。

さすがに大輔ほど攻撃的ではないが。

いや、真紀子《まきこ》のような力なのだろうか。鬱陶《うっとう》しい視線が祓《はら》われたというよりは、遮断された と言うほうが近い気がする。

ただ、真紀子と違うのは、同じ空間にいるだけでは、効果がないというところだ。

個人として認識されると、彼女の力の影響下に入るらしい。

どちらにしても、竜憲にとっては、立派に救済だった。

できるなら、このまま傍《そば》にいてほしい。

「ごめんなさい。お邪魔しました」

「いえ……。本当に……」

どう言えばいいのか、判らなかった。

大輔なら、女を誘うことぐらい簡単にやるだろう。会話を続けていれば、傍にいてもらえるし、ここにいると意識していてもらえるのだ。

それなのに、竜憲は、世間話を続けることすらできなかった。

考えてみれば、自分から女に声をかけたことなど一度もない。そのこと自体が、異常なのだと、今になって認識している。

淺須良姫《きすらひめ》の器となる以前から、竜憲は性的な興味がほとんどなかったのだ。

女に持てるヤツは余裕があるなどと、クラスメイトに揶揄《やゆ》されていたが、その時期に女にアプローチをする方法を学ばなかったツケが、回ってきている。

常に受け身だったのだ。

相手が女に限らず、誰かに自分から関《かか》わろうとしたことさえないかもしれない。

「……あの……」

寝不足、などと言っておきながら、いつまでも目を閉じないのを、不思議に思ったのだろう。女のほうから声をかけてきた。

「なんでしたら、起こしましょうか？　どこまで行くんですか？」

「あぁ、大丈夫です。……ずいぶんと楽になりましたから。……すみません、ご心配おかけして」

「いいえ……」

電車が駅に入る。

と、右隣の男が右脚《みぎあし》を引きながら、降りていった。

女の姿は消えている。

だが、電車から降りる瞬間、男はホームとの間にずるっと足を落とした。

「あっ……」

空《あ》いた席に腰を下ろした女が、反射的に立ち上がろうとした。

傍《そば》にいた客が男を引き上げる。

「……ああ、びっくりした……」

女が見たから、あの霊は押《お》し退《の》けられたのだろう。

電車とホームの間に、足を引きずり込むほどの明確な恨みを、視線を向けるだけで弾《はじ》いてしまう力が、女にはあるようだった。

ホームの端から覗《のぞ》く指先が、霊の執着を示している。

このまま、電車が出てしまえば、霊は再び男に取《と》り憑《つ》くに違いない。

唇を軽く嚙《か》んだ竜憲は、ホームに上がろうとしている手を凝視した。

『ぎゃっ！』

ぱしっと、乾いた音がして、短く悲鳴があがる。

それで終わりだった。

女に押《お》し退《の》けられ、形を失いかけていたものを消すには、その一撃で充分だった。

幸い、電車に乗り合わせた人々の注意は、男に向けられていた。

竜憲が放った火球に気づいた者はいないようだ。

何事もなかったかのように扉が閉まり、電車が走りだす。

「……まただわ。なんかこの頃、出かけるたびに、事故を見かけるんですよ。……ていっても、本当の事故になるわけじゃないんですけど……。ひょっとしたら、何か悪いものに憑かれたんじゃないかって思うぐらい」

同じ目撃者ということで、つい喋《しゃべ》ってしまったのだろう。

ぎこちない笑みを浮かべた女は、肩を落として溜《た》め息《いき》を吐《つ》いた。

女には悪いが、いいきっかけだ。

竜憲はさりげなく問い返した。

「憑《つ》いてる、ですか？」

「ええ。……変ですよね。でも、死に神とか、疫病神《やくびょうがみ》とかが憑いてるんじゃないかって、そんな感じがするんですよ」

小さな溜《た》め息《いき》を吐《つ》いた女は、自分の能力に、まるで気づいていないようだった。

本来なら、人に歓迎される力が、起こった事象の断片だけを見て、不吉の印と考えることがあるのかもしれない。

皮肉な状況に思い至った竜憲は、女のためにどう話を進めればいいか、真剣に考え始めていた。

4

森山美波《もりやまみなみ》と名乗った女は、喫茶店の窓際《まどぎわ》の席で、テーブルの上で手を組んで、無言で紅茶のカップを見詰めていた。

悪霊に取《と》り憑《つ》かれたわけではない。ましてや、死に神や疫病神《やくびょうがみ》に取り憑かれたわけではないという竜憲《りょうけん》の言葉に耳を傾けたのは、それだけ彼女が追い詰められていたからだろうか。

「……すみません。何か……。凄《すご》くほっとして……」

カップに手を伸ばした美波は、両方の掌《てのひら》で包み込むようにして、紅茶を口に運んだ。

「気にしてないつもりだったんですけど……。出かける先々で、事故や急病を見かけてしまって……」

「事故になりそうな状況を見てしまうのは、偶然ですよ。……ですが、本当の事故にならないのは、あなたの力だと思います」

何やら、妙な宗教勧誘でもしているような気分になる。

もちろん、だからといって、彼女に修行を勧めたり、セミナーを案内する気などなかったが。

むしろ、あまりにもあっさりと信じてしまう美波が、心配になってくる。この調子では、妙な勧誘に引っかかってしまうのではないだろうか。

「ありがとうございました」

礼を言いたいのは竜憲のほうだ。

何しろ、彼女のおかげで目的地まで無事に辿《たど》り着《つ》けたのだから。

「いえ、こちらこそ……。お引き止めして」

これくらいしか、返す言葉がない。

少しばかり気まずい沈黙が流れる。

やがて、ひどく言いにくそうに美波が口を開いた。

「えーと……まだ、お時間がありますか？」

「時間ですか……あー、まぁ……」

「これから、ちょっとした集まりがあるんですけど、ご一緒していただけませんか？」

すぐには答えられずに、眉《まゆ》を顰《ひそ》めた竜憲を、女はじっと見詰めている。

答えを待っているのは判るのだが、なんと答えていいのか判らない。

大輔《だいすけ》なら、即座に断るだろう。

そうは思うのだが、ちょっとした集まりという言い方も気にかかったし、少々話しただけの相手を、そんなふうに誘うというのも竜憲の理解の外だった。

これでは、竜憲のほうが妙な勧誘に引っかかったようだ。

それに、同時に彼女の誘う集まりに、興味がないといえば嘘《うそ》になる。常人にはない力を持つ彼女が関《かか》わっているから、だ。

竜憲が想像するようなものとはまるで関係のないただのサークルのようなものかもしれないが、霊障だの悪霊だのという話をした相手を誘うのだから、何かあると思うのが普通だろう。

所謂《いわゆる》ナンパではないと思う。

「そんなに長い時間でないなら……」

「あ、途中で帰るというなら、それでもいいです。本当に覗《のぞ》くだけでいいですから」

ますますおかしいとは思ったが、それが却《かえ》って竜憲の好奇心を煽《あお》る。

元々、街中を歩くのが目的だ。少々寄り道をしても、大した問題ではない。彼女と一緒に歩けるなら、そのほうが都合がよいくらいである。

大輔のように周囲のものを滅殺するわけでもなく、真紀子《まきこ》のように完全に防御された空間を創《つく》り出《だ》してしまうでもない。それこそ物陰から観察できる。彼女を利用することには、多少良心の痛みを感じないでもないが。

好奇心だけの行動ではないと、言い訳を見つけ出した竜憲は、改めて、森山美波の申し出を承諾した。

心底嬉《うれ》しそうに微笑《ほほえ》んだ女の顔を眺めながら、席を立つ。

それから気づいて、手を伸ばした伝票は、一瞬早く女に攫《さら》われていた。

こういうところが、世間知らずと言われてしまう所以《ゆえん》だろう。普通なら、男のほうが会計をするべきだろう。ろくに知らない相手でも、飲み物ぐらいで警戒されるはずもないのだ。

「相談料……って、安すぎますね」

「いや、おれが……」

にっこりと笑うことで竜憲の反論を断ち切った美波は、キャッシャーの前に立った。

どうにも居心地が悪い。

一歩先に外に出た竜憲は、その場で凍りついた。

むっとするような異臭が襲いかかってくる。

臭《にお》いの主は、ガードレールに座った女だ。

まだ肌寒い季節だというのに、腕を剝《む》き出《だ》しにして、上着を手に持っている。寝起きのような乱れた髪は、ファッションだということは判っているが、汚らしく見えてしまうのは、半分腐った赤ん坊が貼《は》り付《つ》いているからだった。

本人の子供ではない。

おそらく、どこかで拾ってきてしまったのだろう。

あんなものを貼《は》り付けていたのでは、何かしら影響があるはずだ。

煙草《たばこ》を探り出した竜憲は、灰皿を探すような顔をして、女に歩み寄った。

街路樹を支える木の柵《さく》に、空き缶の灰皿が括《くく》りつけられているのが、これほどありがたいと思ったことはない。

ライターを取り出し、女に背を向けて、灰皿に手を伸ばす。

女の頭に貼り付いている赤ん坊に、意識を集中する。

急がないと、美波が出てきてしまう。

そうなると、赤ん坊が見えなくなるかもしれない。

彼女の視線を恐れて隠れるのではないだろう。むしろ、美波に見詰められた人間の、霊的な抵抗力が上がると考えたほうがよさそうだった。

明確な悪意を捕まえる。

ここに留《とど》まることは、赤ん坊にとっても幸せなことではないはずだ。

悪意で脹《ふく》れ上《あ》がった風船に、爪《つめ》を立てる。

竜憲の意識は、そんなものだった。

「きゃあっ！　何すんだよ！」

女が喚《わめ》く。

だが、その声は、すぐにしぼんでいった。

痛みが走ったのだろう。

それこそ、煙草《たばこ》を押し付けられたと思ったのかもしれない。

まさか、怒鳴った相手が背中を向けていて、火も点《つ》いていない煙草を銜《くわ》えているとは思わなかったのだろう。

「どうしました?」

真っ正面から見詰めて、問う。

「え……。いいえ……」

一瞬にして、頰《ほお》を上気させた女は、瞬《まばた》きを繰り返していた。

丁寧にマスカラを塗るのがどれほど大変か、誰かが喋《しゃべ》っているのを聞いたことがある。

テレビだったか、現実だったのかも覚えていないが、見事にそっくりかえった黒々とした睫《まつげ》が、努力の結晶だということは、理解できた。

同時に、自分の顔が女の興味を引くものだということを、思い出した。

つい先ほどまで、眉《まゆ》を怒らせていた女が、はにかんだ笑みを浮かべているのだ。

いや、容姿が気に入られただけとは限らないだろう。赤ん坊のせいで、攻撃的になっていただけかもしれない。

「なんか、すっげ痛かったしぃ……」

「静電気ですか？」

竜憲の問いに女は小首を傾《かし》げてみせた。

「……かも……」

やはり、怒りは収まったらしい。

彼女に貼《は》り付《つ》いていた赤ん坊も、小さな染《し》みぐらいに縮んでいた。

若い女の生命力なら、ものの一週間もしないうちに、消してしまえるだろう。

道端で、通りすがりに施す術では、これが限界だった。

「すみません……お待たせしました」

美波が現れる。

瞬間、女は美波に不穏な視線を向けた。

「あら、お知り合いですか？」

美波が問う。

「いえ」

竜憲はあっさりと応じた。

赤ん坊の意識の欠けらが、溶けていく。

思った以上に、美波の影響は大きいようだ。

と同時に、作為的なものでない証拠を見せられた気になった。

明らかな敵意を見せる女に、なんの躊躇《ためら》いもなく力を与えるというのは、ちょっと考えづらかった。

それとも、誰に対しても誠実に対応するのだろうか。

女に軽く会釈《えしゃく》した竜憲は、美波に案内されるがままに、歩き始めた。

5

「……溝口《みぞぐち》さん……」

誰が聞いているわけでもない、乗用車という密室の中だと判っているのに、つい、声を潜《ひそ》めてしまう。

身体《からだ》を乗り出すようにして周囲を見まわす大輔《だいすけ》は、軽く唇を舐《な》めた。

昨日、竜憲《りょうけん》とともに見た奇妙な現象が、再び襲いかかっているようだ。

動いている人は見えるし、周囲に車もいるのだが、それと指摘できない、奇妙な違和感があった。

「……何か、気づきませんか？」

「なんでしょう……」

訝《いぶか》しげな声を出す溝口は、何も気づいていないようだ。

「……いや、いいです。気のせいでしょう」

気のせいなどではない。

だが、この異変が大輔だけに襲いかかっているのか、この街に襲いかかっているのかは判らなかった。

どちらにしろ竜憲も巻き込まれていると思って間違いないだろう。街は平静でも、竜憲の感覚は異常を来《きた》している可能性は高い。

下手《へた》をすれば、竜憲のほうがより深刻な状況に陥っているかもしれない。今、大輔が感じているような、漠然とした違和感などではないものが、襲いかかっているのではないか。

そう考えると、ぞっとした。

それなのに、漠然と違和感があるくらいにしか感じ取れない自分が口惜《くや》しい。

「学校に行かれたのでしょうか」

「とにかく駅に来いっていう電話でしたから。取《と》り敢《あ》えず、駅に行ってもらえますか？」

「判りました」

異変を感じていないというのは、本心からの言葉らしい。溝口の態度には微塵《みじん》も緊張したところがなかった。

小さく溜《た》め息《いき》を吐《つ》いた大輔は、注意深く周囲に視線を走らせていた。

違和感の正体を探らなければならない。

昨日、人っ子一人いなくなっていたのは、ただの偶然ではないだろう。竜憲もそう考えたからこそ、足を運んだのだ。

「しかし、どうして駅なんでしょうね。学校のほうに何か問題が残っていたのではありませんか？」

「いや……昨日、帰りにちょっと気になることがあったもので……」

普段となんら変わらないようにも見える態度だったが、溝口は大輔の態度に疑問を抱いているようだった。

そもそも、溝口と行動をともにすること自体が、既におかしいと思われても仕方がない。竜憲を一人で出かけさせたことも普段なら絶対にしないことだし、寝過ごしたという言い訳も妙に聞こえるだろう。

実際、自分が一番信じられない。

「本当に些細《ささい》なことだったんです」

大輔はそう思っていたし、多分、竜憲もそんなに深刻な問題と捉《とら》えていなかったのだろう。そうでなければ、一人では出かけまい。

「今も同じようにおかしいのですか？」

「いえ、それが……」

なんと説明すればいいのだろう。

が、黙っていてもどうにもならない。

「昨日は生き物の気配が消えてしまっていたんです。……一瞬ですけどね」

「何もいないということですか？」

溝口も、大輔の言葉をどうとっていいのか判らなかったのだろう。訊《き》き返《かえ》してくる。

「なんていうか、自分たち以外が総《すべ》て止まっているみたいな……。上手《うま》く説明できません。途中で急に元に戻ったんで、そのまま確かめようがなくて」

「今は……」

「そう、人も車もちゃんといる」

だから、説明のしようがない。

それでも、何かがおかしいのだ。

奇妙な圧迫感とでも表現すればいいのだろうか。

「やっぱり、違うな」

「何がです？」

「それが判らないんです。……なんだか、おかしいのに、理由が判らない」

「やはり、確かめる必要があるようですね」

「……ああ。……にしても、そろそろ連絡が入ってもいい頃だが……」

ポケットから引っ張り出した携帯電話を見て、大輔は低く唸《うな》った。

圏外という文字が、くっきりと浮かび上がっている。

白々しい。

現実に、電波状態が悪いとは考えられなかった。

やはり、異変は起こっているのだ。

「どうなさいました」

「……圏外です」

「なるほど……。どこかで止めましょうか」

「いや。なるたけ駅に近づいてください」

おそらく、駅まで辿《たど》り着《つ》くことはできないだろう。

漠然とそう思う。

竜憲と合流させないように、何かが妨害しているのではないだろうか。

「判りました」

幸い、土地勘《とちかん》はある。

もう何年も昔だが、周囲の駅も含めて、厭《いや》になるほど通い続けた街なのだ。近所に住んでいた友人の家も覚えているし、よく利用したファミリーレストランの看板も、同じ場所に見えた。

と、ブレーキが踏み込まれる。

「……やっぱり、リョウに会わせたくない奴らがいるみたいだな……」

トレーラーがひっくり返って、道路を塞《ふさ》いでいた。

上下一車線ずつしかない道路を完全に塞ぐトレーラーの腹が見えている。

「すみません。歩きます」

「はい」

どんな手を使ってでも、竜憲と合流してやる。

そう思い決めた大輔は、早足で歩き始めた。

こんな狭い道で、どんな条件が重なったら、トレーラーが横倒しになれるのか、教えてほしいぐらいだ。

「危ないよ！　ガソリンが漏《も》れてるみたいだ！」

男が立ち塞がる。

「引き返してください！　車、下げて！　危ないから！」

何人かは、車を誘導しようとしている。

消火器を抱えて、飛び出してくる人。

店のシャッターを閉める者。

ひどく整然と、事故に対処している人々。

遠くから、サイレンが聞こえてきた。

消防車のものと、パトカーの音。そして、異様なサイレン。

どうやら、事故に米軍関係者が関《かか》わっているらしい。

アメリカのドラマでよく聞く奇妙なサイレンは、ここに通っていた頃にも頻繁に耳にしたものだった。

通訳と米軍関係者が乗った乗用車は、派手な青いライトを点《とも》しているだろう。米軍のハウスが間近にあるこのあたりは、ツートンカラーに赤い回転灯を点《つ》けたパトロールカーとは別に、青いライトの車も普通に走っているのだ。

だが、大輔の位置からは、その奇妙に腹立たしく、そのくせ懐《なつ》かしい車両は見えなかった。

通行人を制止しようと必死になっている男を振り切るのは諦《あきら》めて、見覚えのある路地に入る。

少し遠回りにはなるが、駅前に出ることはできる。

朧《おぼろ》げながら覚えている友人の家への道を辿《たど》り、そこから、駅から延びる商店街へ繋《つな》がる裏道を通ればいい。車はおろか、オートバイさえ通れないような細い路地だが、地元の人間は日常的に使っているのだ。

見覚えのある小さな公園の傍《そば》で足を止めた大輔は、ポケットから携帯電話を引っ張り出して、確認した。

やはり、圏外と出ていた。

「……くそっ……」

少しばかり時間をとらせて、満足するような相手ではないらしい。

下手《へた》をすれば、竜憲を捜して、駅前の店を片端から覗《のぞ》いて回《まわ》ることになる。それでも、待っていてくれればいいが、連絡が取れないからと、竜憲は一人で動きだしかねなかった。

駅のすぐ傍《そば》の喫茶店。ファーストフードの店。

そういえば、駄菓子屋のような店構えの、甘味処《あまみどころ》が気に入っているという話を聞いたことがあった。

記憶を辿《たど》りながら、大輔は住宅街の道を小走りに進んでいた。

第三章　集う人々

1

誰も彼もが、恐ろしく真剣な顔をしていた。

幾つかのテーブルを何人かずつで取り囲み、それぞれが話をしているのだ。どういう集まりなのか、竜憲《りょうけん》にはまったく判らない。

噂話《うわさばなし》を提供し合っているグループもあれば、妙に盛り上がって議論を戦わせている者もいる。そうかと思えば、中の一人がただただ熱く語っているだけのテーブルもある。

コンパと言うには酒は出ていないし、それ以前に、テーブルの上には飲み物すら出ていない。

何より、不思議なのは年齢層がばらばらなことだ。年齢層だけではない。人種もばらばらだった。

明らかに高校生らしき制服姿の少年や、いかにもサラリーマンといった雰囲気のスーツの男。明らかに主婦だろうと思える中年の女に、大学生やらフリーターやら判別不能の連中もいる。

年齢や種族でグループを作っているならまだしも、その人間たちが無差別に交ざり合っているところがまた妙だ。

それが悪いとも思わないし、異常だとも思わないが、どうしても奇妙に思えてしまう。何か一つの目的を持った集まりと言うには、皆親密さに欠けているような気もする。何しろ、同じテーマについて話し合ってさえいないのだ。

それ以前に、彼らはお互いに仲間という意識があるのだろうか。

これはいったいどういう集まりなのか。

何度、そう訊《き》こうと思ったことか。

しかし、竜憲をこの場所に誘った本人、森山《もりやま》美波《みなみ》はいつの間にか別のテーブルに着いてしまっていて、声をかけるチャンスもない。

だからといって、黙ってここから出ていくのも、気が進まなくて、竜憲は隅のテーブルで会話の輪に加わることもなくただ座っていた。

もっとも、観察を続ける時間ができたおかげで、一つだけ気づいたことがある。

ここに集まった人間たちの唯一の共通点だ。

全員が、美波のような力を持っている。

程度の差はあるが。

おかげで、余計に判らなくなったのも確かだ。

まさか、排魔の力のある人間たちの親睦会《しんぼくかい》のわけはあるまい。

「……彼女、気づいてなかったんだしな……」

口の中で呟《つぶや》いた竜憲は、二つ向こうのテーブルで、ちょうど正面に座った男がじっと見詰めているのに気づいた。

べつに、竜憲を観察しているというわけではなさそうだ。ただ単に、正面に視線を向けているだけで、それが彼の癖のようである。

そういえば、竜憲は誰にも紹介されていないし、自己紹介をしてきた人間もいない。竜憲のように飛び入りで参加する人間もいるのだから、ほかにも初めてここを訪れた人間もいるのだろうに、誰かが自己紹介をしているのも見なかった気がする。

もしかして、ただ行きずりの人々が集まってお喋《しゃべ》りをするための集まりだったら、こんな雰囲気もあり得るのだろうか。

それも、チャットのように匿名性があるとしたら。

見ず知らずの人間と無責任な会話を交わす会合。

しかも、参加者の唯一の共通点が、大なり小なり排魔の力があること。ここに集まった者の中で無意識のうちに排魔の力を振るうことのない人間は、おそらく竜憲一人だ。

それぞれが自分の力に感応して、なんとなく集まってきた人間たちの集まりだとしたら、その意義を問うのも馬鹿ばかしい。皆が皆、美波の感じていたような不安を抱えていて、集まることで安心するというのなら、また、話が別だが。

集会というには、異常な空間。ここに何も知らずに入ってくる人間には、これが何かの集まりだとは見えないだろう。それでいながら、なんとなく排他的な雰囲気がある。

美波の口ぶりからすると、ここに今日この時間に集まるのは、事前に決まっていたことのようなのに、建物の入り口にこの集会を示すような表示も何もなかった。

考えれば考えるほど、竜憲には理解できなくなってくる。

かといって、立ち上がって出ていくには勇気がいった。

なんといっても、彼らの持つ力のせいで、ここは見事なまでに奇麗《きれい》だ。外に出ていけば、おそらく色々なものが見えてしまうだろう。

決して、居心地のよい空間ではないが、ここにいれば何も見ないですむ。周囲の目を気にする必要もないし、なんとかしなくてはと思い悩む必要もない。

ここは、多分、安全地帯といえる。

その安全な場所から外に出るには決意が必要だった。といって、このままでは、わざわざ出向いてきた意味がまったくない。

来るべきではなかったのだ。

本当に今日は後悔ばかりしている。

「あの……」

声に振り返ると、見ず知らずの男が立っていた。

二十代後半か、三十そこそこ。穏やかな笑みを浮かべた男は、ひどく存在感が薄かった。

「はい」

取《と》り敢《あ》えず応じておく。

ここに来てから、竜憲に声をかけてきたのは、この男が初めてだ。

半分は好奇心で、もう半分は場に居合わせたことへの義務感で、男の目を真《ま》っ直《す》ぐに見詰め返す。

「お話ししませんか？」

「はぁ……」

なんとも奇妙な人々だ。

軽く会釈《えしゃく》して、向かいに座った男が、唯一、竜憲を人として認識してくれたらしい。

「ここで言ったことにはなんの責任もないし、何を隠す必要もないんです。もちろん、本当のことをいってもいいし、空想を話してもいい。気兼ねもなく、話したいことを話してください。……といっても、ちょっと怪しい、超常現象の話をする人が多いんですけどね」

にっこりと笑う男は、何やら怪しげな団体の世話役のようにも、セラピストのようにも見える。

見える、だけではなく、基本は同じなのかもしれない。

怪しげな宗教も超常現象も、不用意に人に話すと変人扱いされるし、どんな被害に遭っても、自業自得《じごうじとく》と見られることが多いのだ。

そんなものに関《かか》わるほうが悪い、というヤツである。

確かに、幽霊ホテルだの呪《のろ》われたトンネルだのに出かけていって、わざわざ霊障を拾ってくるヤツに同情する気にはなれなかった。

「……あなたは、何か見えるんですか？」

「ここにいる人は、みんな見えるんですか？」

質問に質問を返す。

奇異の目で見られることには慣れているが、この奇妙な人々の前では、いらぬことを言わないほうがいいような気がした。

「さぁ、どうでしょう。見えると言っている人もいますし、見えないと言う人もいます。ただ、皆さん存在は信じていますが」

「それも、ここにいる間だけじゃないんですか？　外に出たら、バカバカしいとか言っているのかもしれませんよね」

「そうですね」

あっさりと応じる男は、相手の意見を聞くだけで、自分からは極力意見を言わないようにしているようだった。

この態度が、男をセラピストに見せるのかもしれない。

「皆さん、超常現象の話をしているわけでもないですよね」

趣味の手芸、ガーデニングからSFまで、話に関連性はない。

「ええ。どんな話題でもいいんですよ」

超常現象を信じるというのは、そんなに大変なことなのだろうか。

改めて、耳をすませてみる。

「……そうそう。そういうのって、時々混じってるわよね。でも、最近は見えなくなったわ」

「安定したから？」

「だと思うわ」

「いいわねえ、……河原で拾った石とかだったらまだ判るけど、ホームセンターで買ってきたものでも、混じってるでしょ？」

「石はやめたほうがいいわよ。小さいものでも、怖いもの」

中年の女たちの会話は、ここに集まっている人々の物語を教えてくれた。

この集会は、霊を見てしまう人々が、力をコントロールする方法を覚えるために、必要なのだろう。

精神が安定すれば、見なくなる。ここに集まった人々は、そう信じているようだ。

ひょっとすると、各人が自分に向いた方法で、霊から身を守る方法を探し出しているのかもしれない。

「お話になりたいことがあれば、いつでもいらしてください。私たちは、毎月二日に、ここにいますから」

竜憲に話す気がないと見て取ったのか、男が席を立った。

にこにこと笑いながら、テーブルの間を歩く姿に違和感を覚える。

人々の相談役。もしくは指導教官。

どちらにしろ、彼がこの場の責任者であることは間違いないだろう。

唇を軽く舐《な》めた竜憲は、真剣に集会を抜け出す口実を探し始めていた。

2

「リョウ！」

ふっと、視界の隅を見覚えのある姿が横切ったような気がした。

だが、向き直ると、竜憲《りようけん》の姿はどこにもない。

「くそっ！」

まるで幻のように消えてしまう。

「どこだ……」

買い物客の波に逆らって立ち止まった大輔《だいすけ》は、眉間《みけん》に皺《しわ》を寄せて、睥睨《へいげい》するように、周囲を見まわした。

商店街の中央を貫く、センターラインが残っているのに一方通行の道には、高校在学中から違和感を感じていた。

歩行者が多いから一方通行にしたのか、駅の真っ正面に繋《つな》がっている道だからそうしたのか。

普通の商店街に比べれば、ずっと広い道なのだが、それ以上に歩行者が多いし、車両も遠慮なく通る。

だからこその一方通行だった。

巨大な進入禁止の道路標識を無視して侵入した車に、通行人が罵声《ばせい》を浴びせるのも、何度か見た光景だ。

ただでさえ、ずいぶんと店も変わっていたし、看板や何本もある路地が、余計に大輔を混乱させる。

そのどこかに、竜憲が入り込んだのではないか、どこかに捉《とら》えられているのではないかと、思ってしまうのだ。

駅前の店を何軒か覗《のぞ》いて、そのどこにも竜憲を見つけられなかった大輔は、最後の望みとばかりに、商店街の中の甘味処《あまみどころ》に顔を出した。

だが、そこにいたのは、見覚えのない女主人だけだった。以前なら、小太りの老女が元気よく立ち働いていたのだが、今は中年の女に代わっている。

もちろん、竜憲の姿はない。

どこかで行き違っただけならいいが、細《ささ》やかな違和感はまだ消えていなかった。

それが、大輔をひどく落ち着かない気分にさせた。

携帯電話のディスプレイを覗き込むのも、もう何度目か判らない。

相変わらず、圏外の表示のままだった。

以前は、出歩いている相手と、どうやって連絡を取っていたのだろうか。つい数年まえのことなのに、すっかり忘れてしまっていた。

社会の仕組みも、変わってしまっている。

見覚えのある和菓子店の店先を確かめるように眺めた大輔は、溜《た》め息《いき》を吐《つ》いた。

高校に通っていた当時、何度も使った公衆電話は、影も形もない。店先に置いていても利用する人などほとんどいないのだろう。

「……ったく」

きっと、有線の電話でも通じないことは、同じだろう。だが、まずは確かめたい。

和菓子店に入った大輔は、眉間《みけん》に皺《しわ》を寄せた。

誰もいない。

以前なら、絶対にあり得ないことだった。

古びた造りだが、結構人気のある和菓子店は、近所の年寄りの集会所も兼ねていて、無人などということは考えられなかったのだ。

ひどく背の低いベンチは、以前のまま窓際《まどぎわ》に置かれている。

季節の和菓子と、花の飾られたショーウィンドーも、記憶にあるとおりだ。

「すみません！　誰か！」

奥に向かって声を張りあげた大輔は、瞬間、ぎくりと身体《からだ》を強張《こわば》らせた。

ショーケースの中の菓子が変だ。

凝《こ》った細工の生菓子が、干乾《ひから》びて、罅割《ひびわ》れている。

唇を軽く舐《な》めた大輔は、そろりと後退《あとずさ》った。

あり得ない。

店がどれほど変わったとしても、干乾びた菓子をショーケースに置いている和菓子店などあるはずもない。

もう一歩後退る。

重々しい音がして、古くさい自動ドアが開いた。

外に飛び出す。

日常がそこにあった。

車が来ても、避《よ》けようともしない買い物客。

犬の散歩のついでに、買い物をする者。

カップルの間を自転車で突破しようとする金髪の悪ガキは、近くにある米軍ハウスの子供だろう。

見慣れた、だが、異様な風景だ。

これは、記憶の中にある風景だった。

一人として、携帯電話で話している者がいない。それは何より異様な光景だと言えるだろう。

ちらりと、横を見る。

と、そこには公衆電話があった。

視線を転じる。

ついさっきまで、ゲームショップだった店が、古びた古書店に戻っている。

タイムスリップ。

素直に考えればそうだろう。

だが、生憎《あいにく》と大輔はそこまでロマンティストではなかった。

「……どういうつもりだ？」

大輔の感覚が狂っているのか、街全体に異常が広がっているのか。

可能性は五分五分だろう。

取《と》り敢《あ》えず、目の前の電話に手を伸ばす。

と、金を入れる前に繋《つな》がった。

『大輔？　どこにいるんだよ！』

聞《き》き馴染《なじ》んだ声が、耳に飛び込んでくる。

「リョウ？」

『全然電話、繋《つな》がらないし……。どうしたんだ？』

「ちょっとな……。どこにいるんだ？」

『駅前の――』

ぶつっと音がして、通話が切れた。

おそらく、喫茶店と言いたかったのだろう。

スパゲティの美味《うま》い店は、竜憲のお気に入りだった。

ファーストフードの店を覗《のぞ》いてから、回ればいい。

早足で歩き始めた大輔は、途中で見つけた煙草《たばこ》の自動販売機をちらりと見遣《みや》った。

最近では見かけなくなった銘柄が並んでいるし、もちろん、値段も違う。

理由がなんにしろ、細かいところまで細工が施されているようだ。

目的が判らないのが気に入らない。

高校時代の街を再現することになんの意味があるのだろう。

大がかりなマジックショーにでも巻き込まれたような気がする。

そういえば、あの当時は、竜憲の力をトリックだと思っていた。

ひょっとすると、本物かもしれないとは思っていたが、派手なマジックという考え方に傾いていたのだ。あるいは催眠術。

「……まさか……」

ここは、大輔の記憶の世界なのだろうか。

だとすれば、この世界の竜憲はただのマジシャンだ。

霊能力に見えるようなトリックを使う、奇麗《きれい》な、器用な男。

女たちと親しくなるきっかけに使えるし、騒々しくない友達。その程度の認識だったような気もする。

そのわりには気が合っていたような気もするが、決して彼の力は認めていなかったし、尊敬もしていなかった。

「……まずいな……」

この世界に、竜憲を引っ張り込んだら、まずいことになるのではないか。

それは、単なる思いつきだった。

だが、限りなく予感に近い。

「……素戔嗚《すさのお》……。どうなんだ？」

竜憲に危険が迫ると、勝手に動きだす古代の神様は、何も答えない。

「そういえば……あの目玉はなんだったんだ？」

唐突に、昨日のことを思い出す。

勝手に切り捨てておいて、なんの説明もしないというのはいつものことだが、今回ほど、理解できないのは初めてだった。

少なくとも、校内で出会ったほかの雑霊たちは、竜憲の身を危うくするようなものではなかったのだ。

判らないことばかりだ。

奇妙な違和感も、懐《なつ》かしい場所も。

苛立《いらだ》たしい思いを抱えた大輔は、小走りに駅に向かった。

3

幻視。

奇《く》しくも自分の思いついた言葉を大輔《だいすけ》は思い出した。

学校の窓の向こうに映っていた、季節の違う景色。その世界に紛れ込んだのだろうか。

正直、それくらいしか思いつかない、というのが本音だ。

たとえ、それが真実だとしても、相変わらず理由は判らないし、目的も判らない。

そもそも、自分が狙《ねら》われて取り込まれたのか、通りすがりの人間として単純に巻き込まれたのか、そんなことも判らないのである。

相変わらず、竜憲《りょうけん》とは巡り合えないし、外とも連絡が取れない。

駅と商店街の間を、何回往復しただろう。

すっかり、高校生時代の商店街に戻ってしまった通りは、普通に日常を営んでいた。

見知った和菓子店から飛び出した時に変容した風景は、往復するたびに現実らしくなっていく。

商店街を歩く人間も、昼過ぎとは少し変わっていた。主婦の買い物客が増えている。さすがに疲労を覚えて、試しに商店街の入り口近くの喫茶店に入った。

少し落ち着く時間がほしかったのだ。べつに最初に入った和菓子店のように、誰も出てこなくてもかまわなかった。

身長ゆえか、大輔自身が感じるような違和感を逆に大輔から感じ取っているからか、通りを行き交う人間の視線はひどく露骨で攻撃的なのだ。

平たくいえば、無闇《むやみ》にガンをつけられているような気分になるのである。

せめて、それから逃れたかった。

腰を落ち着けて考えれば、多少なりと役立つ考えも生まれてくるかもしれない、そんな程度の考えだ。

都合よくと言うべきか、それこそがおかしいと思うべきか、店は普通に営業していた。

通りがよく見通せる場所に座って、注文をすませる。

通りを眺めていると、自分の闇雲な行動に疑問も湧《わ》いてくる。

——本当に竜憲はここに来てるのか——。

もちろん、誰も教えてくれるわけがない。

過去なのか、幻なのか、少なくとも、現実とは懸け離れた世界を、あてもなく一人でふらふらと彷徨《さまよ》っているのだ、ということが今更のように実感される。

公衆電話から竜憲の声がしたのは、最初のたった一回だけだった。それどころか、コインを落とし込んでも、通話はできない。

もっとも、驚きはなかった。

半分は予想していたことだ。

「待てよ……」

自分だけが巻き込まれたとしたら、どうだろう。

ここが現実ではなかったら。

以前にもあったことだ。二度目がないとは言いきれまい。

もしかすると、竜憲は何事もなく溝口《みぞぐち》と落ち合っているかもしれない。

それならそれで安心なのだが。

「……コーヒー、お待たせしました」

声に顔を上げると、若い女が、トレイを手に立っていた。

「あ……」

はいもいいえもないうちに、コーヒーカップが目の前に置かれる。

「どうも……ミルクはいらない」

少々乱暴に、置かれたミルク・ピッチャーを押しやって、カップに手を伸ばした。

無言のまま、ピッチャーを取り上げ、女がテーブルを離れていく。

コーヒーは普通の味だった。香《かお》りも味もそう美味《うま》いものではなかったが、確かにコーヒーである。これまでも、偽物《にせもの》とは信じがたい。

おかげで、また、迷う。

「まさか……泥水飲んでるわけはないよなー」

馬鹿ばかしいことを考えながら、冷めないうちにコーヒーを流し込む。

やはり、自分一人で対処するには無理がある。

初めて浮かんだ論理的な考えだった。

コーヒーのおかげか、意地の悪い視線から逃れたおかげか、少しは現実的な考えが思い浮かぶ。今更、思いついても遅いのかもしれないが。

どうせ、溝口と一緒だったのだから、いっそのこと車を放《ほう》り出《だ》してでも、彼を同行させるべきだった。

もっとも、ここまで事態が異常になったら、外でも気づいているかもしれない。

大輔だけがどこか特別な空間に放り込まれた、というなら話は別だが。

どちらにしても、どうやって外と連絡を取るかだ。

竜憲と一緒に行動しなかったことが、これほどまずい状況を生み出したと思うと、自分に腹が立って仕方がない。

「あ……」

問題の一つが、解決した。

レシートを摑《つか》むと、百円玉をあるだけ摑み出して、レジ前にレシートごと置くと、店から走り出た。

通りの向こうに、いたのだ。

竜憲が。

見間違いや他人の空似ではなかった。

取《と》り敢《あ》えず、彼を捕まえれば、問題の一つが本当に解決する。

支払いに時間をとったとも思えないのに、竜憲はずいぶん先を歩いていた。

慌てて追うが、先ほどまでよりさらに数の増えた買い物客が邪魔になる。まるで、妨害されているようだ。

人の流れに逆らって歩くのが、これほど大変だとは、思いもしなかった。

大抵の場合、頭どころか、肩から上が人波から出る長身だからこそ、相手に怪我《けが》をさせないように歩く習性ができている。そのせいで、余計に手間取るのだ。

「いったーい。何すんのよ！」

甲高い声が響く。

こってりと化粧した女が、大輔を睨《にら》み上《あ》げていた。

「すみません」

こんなところで手間取っていたら、竜憲の背中が見えなくなる。

「ちょっと何よ、それ。ぶつかったのはあんたじゃやない！」

きゃんきゃんと煩《うるさ》い女を無視して、竜憲を追う。

「リョウ！　ちょっと待て！　聞こえないのか！」

大声で呼ばわる。

「待てよ！」

ぐいっと、身体《からだ》が後ろに引かれた。

「謝れって言ってるだろ！　何、シカトしてんだよ！」

大きな男が立《た》ち塞《ふさ》がる。

大輔より、まだ大きい。

どこから湧《わ》いて出《で》たのか。これほどの長身の男を見逃すはずがないのだが、今の今まで、この男の存在には気づかなかった。

「すみません。ちょっと急いでいたので」

痩《や》せて顔色の悪い男は、ひどく狂暴な目をしていた。

「それがなんだってんだよ！　えぇぇ？」

顔を突きつけてくる。

口が、ちょうど鼻のあたりにくる。

臭い。

むっとするような臭気は、決して人間のものではなかった。

それどころか、生きているものの臭《にお》いでもない。

ところが、周囲の人間はそれに気づいている様子はなかった。挙げ句に、厚化粧の女は、うっとりとして男を見上げている。

おそらく、こんな男でも彼女の目には、暴漢に立ち向かうヒーローという役回りに映っているのだろう。

「あぁ？　何シカトしてんだよ！」

土気色の肌は、今にも崩れ落ちそうだ。

「悪いな。話つけたいんなら、向こうに行こうぜ。ここじゃ、通行の邪魔だろ？」

これ以上、手間取る気はない。

ひょろ長い男の手を振りほどいて、大輔は竜憲の後を追った。

「待て！　このヤロー！」

図抜けた大男が二人、争っていれば、大抵の人間は道を開ける。

デカいというだけで、恐怖心を抱かせるものなのだ。

ところが、周囲の人間は大輔の行く手を遮ろうとした。

他人のトラブルに巻き込まれたくないと、見て見ぬふりをしたというのなら判るが、わざわざ近づいてくるのだ。

「どけ！」

怒鳴り据える。

だが、誰も一ミリも身体《からだ》を動かそうとしなかった。

「こいつら……」

竜憲に会わせたくないのか。

街と同じで、人間も幻なのかもしれない。

そうでないかもしれない。

下手《へた》をすれば、竜憲が幻ということもある。

幻だったほうがまだましだ。もしこれが現実なら。現実の人間が、何かに操られているのだとすれば。

どう対処すればいいのか、まるで判らなかった。

「何考えてるの！　どうしてちゃんと周りを見ていないの」

「こんなところで走ったら、危ないに決まってるでしょ！」

「まったく、子供じゃあるまいし、何を考えているんだ」

口煩《くちうるさ》い、近所のオバサンのような女。

生活指導の教師のような男。

どうして他人にこれほど関心を寄せるのか。

こいつらのせいで、竜憲の姿を見失ってしまった。

「何を考えてるんだ、お前は！」

「謝れ！」

「謝るんだ！」

煩《うるさ》い。

誰か、こいつらの口を塞《ふさ》いでくれ。

耳鳴りがする。

頭の中を、数万の蜂《はち》が飛んでいるような気がする。

顳顬《こめかみ》がぴくぴくと痙攣《けいれん》するのを感じながら、大輔はゆっくりと深呼吸を繰り返していた。

4

「すみません。退屈しましたよね」

そのとおり、とも言えずに、竜憲《りょうけん》はぎこちない笑みを返した。

結局、美波《みなみ》が席を立つまで、待っていたのだ。

先に出ると言おうにも、彼女は声をかけるのも憚《はばか》られるぐらい真剣な顔をして話し込んでいた。そのまま外に出ようとも思ったが、出口近くの席の男に妙に馴《な》れ馴《な》れしく話しかけられて、結局、ペット談義に交じったりして、図らずも時間を潰《つぶ》すことになった。

猫を猫可愛《ねこかわい》がりしているというのは、ちょっと言いづらいものがあるらしい。特に、初老という年齢になっていると、恥ずかしいと感じるようだった。加えて、自分の愛猫《あいびょう》が幽霊を追いかける、という話題は、話す相手を選ぶに違いない。

いい歳《とし》をして、ウチのミーチャンがと話していても、同席した人間はにこにこと相槌《あいづち》を打っていた。

気兼ねなく話せる相手がいるというのは、それだけで幸福なのだろう。

美波もずいぶんとすっきりした顔をしていた。

「お詫《わ》びに、お食事でもいかがですか？　おいしい店があるんですよ」

「……いえ。……すみませんが、駅まで案内していただけますか？　ここがどこだか、ちょっと判らなくなって……」

「まぁ……」

歩いてきたルートを逆に辿《たど》る程度の方向感覚はある。だが、狭い路地やら、曰《いわ》くありげな祠《ほこら》だのがあった道のりを、一人で歩く気にはならなかった。

「じゃあ、ご案内します」

「お願いします」

この集会場には、まだ人が残っているようだ。

あれだけ熱心に話していれば、喉《のど》も渇くだろうし、腹も減るだろうに、誰もが話すことに必死になっている。

煙草《たばこ》を手にしている人間も、ほとんど口に運ぶことを忘れているぐらいだった。

外に出ると、ずいぶんと陽《ひ》が傾いていた。

竜憲の感覚では、二、三時間という程度だったが、思った以上に長居をしたらしい。これなら、美波が食事に誘うのも、納得できた。

「……森山《もりやま》さんも、昔は幽霊とかを見たんですか？」

寂しい裏通りを歩きながら、ぼそりと問う。

「いいえ、一度も自分の目で見たことはないんです。……でも、あたし、ちゃんとした写真が一枚もないんです。学校の集合写真とかも、変なものが写ってたりして。……卒業アルバムなんか、修正してくれているのはいいけど、あんまり不自然で、余計に目につくんですよ」

「……なんか、それって困りませんか?」

「困りますよ。証明写真なんかも、ちゃんとした写真館で撮るしかないし。スーパーの前とかにある、自動販売機みたいなのでも、やっぱり写るんですよ」

「それは……」

心霊写真を撮れると自慢する人なら知っている。視《み》てくれと言って、トリック写真を持ってこられたこともあった。

だが、総《すべ》ての写真に異常があるというのは、初めて聞く話だった。

それでは、彼女が思い悩むのも当然だろう。

「だから、写真なんか大嫌いだったんですよ。バカみたいに、自分が一番不幸だって信じ込んだり……。誰にも言えずに、ずっと悩んだりして……。でも話せるようになると、ずいぶん楽になったんです」

「そうですか」

「ええ。写真とか、証拠がないって悩んでる人もいるんですよね。あたしなんか、誰に見せても怖がられるのが厭《いや》だったんですけど」

「……どんな写真なんですか？」

「色々です。あたしの首がなくなったり、肩のところに手がのってたり。首を絞めるみたいに、手が回ってたのもありましたけど……」

派手な写真だ。

それだけに、トリックだとも考えられる。何しろ、嫌がらせで知人が、心霊写真をでっち上げることまであるのだ。ある種の人間は、人を陥《おとしい》れるために、恐ろしいほどの労力を使うのだ。

もちろん、冗談にも美波に話す気はなかったが。

「見ます？」

「……え？　持っているんですか？」

「ええ」

バッグに手を入れた美波は、システム手帳を取り出した。それには、ぞろりと、赤黒いものが垂れている。

「……見たいって言う方も多いんですよ。……なんか、こんなものが自慢になるなんて信じられない……。どうかしました？　大道寺《だいどうじ》さん？」

べっとりと血の付いた手帳を広げて差し出す美波は、瞬《まばた》きを繰り返していた。

「大道寺さん？　……揺れてるみたいですけど……」

揺れているのは、美波のほうだった。

ゆっくりと、どうしてバランスを崩して倒れないのか、不思議になるほどゆっくりと身体《からだ》が揺れている。

「大丈夫ですか？」

自分が揺れているとは、思ってもいないのだろう。

「森山さん。……この写真は？」

「え？　スナップ写真で……。撮ってくれた子は気づいてないみたいで……」

美波の揺れが激しくなる。

「森山さん……」

膝《ひざ》が崩れた。

慌てて、駆け寄った竜憲は、美波を抱き起こした。

放《ほう》り出《だ》されたシステム手帳から、写真が零《こぼ》れていた。

どこかの、からオケルームだろう。楽しげに歌っている美波の横顔が写っている。

撮影者が気づかない異変というのは、フラッシュのせいでくっきりと刻まれた影のことだろう。

首に、髪の毛の影が落ちている。

それが、手の形になっていることに、気づく者は少ないだろう。だが、気づいてしまうと、手以外のものに見えなくなった。

どうやら、このからオケルームには、霊が棲《す》みついているらしい。

白い壁には、うっすらと人の形が浮かび上がっていた。

「森山さん！」

荒い呼吸をしている美波は、うっすらと目を開いた。

どうやら、意識はあるらしい。

手早く荷物を掻《か》き集《あつ》めた竜憲は、美波の腕を肩に回させると、元来た道を帰り始めた。

集会場からさして離れていないのが幸いだった。

救急車を呼んでも、普通の医者ではなんの役にも立たないのは明白だ。できれば道場に連れていきたかったが、集会場でも応急手当てぐらいはできるだろう。

霊能力を使っても、問題になるような相手ではないのが、不幸中の幸いだと言える。

「森山さん！　大丈夫ですか！」

普通の霊障とは少し違うような気がする。

こうして、接触していても、なんの異変も感じないのだ。

だが、美波の体調が急変したのは間違いなかった。

とにかく、休ませるしかないだろう。

「すみません！　気分が悪いらしくて。休ませていただけますか！」

ドアを開けると同時に叫ぶ。

「森山さん！　どうしたの！」

「まぁ！　早く、早く、こっちへ……」

がたがたと音がして、テーブルが合わせられる。

上着やスカーフ、ストールの類《たぐい》が集められて急ごしらえのベッドが作られる。

手早い動きは、この集会で倒れる人もいるのだろうと、想像させるものだった。

——どちらにしろ、もう少し、ここにいるしかなさそうだ——。

ふっと頭を過《よぎ》った考えに、竜憲は眉《まゆ》を寄せた。

街の異変はもう終わっている。今更、火急に調べなければならないことでもないし、手がかりが摑《つか》めるとも限らないのだ。

目の前で倒れた女を手当てするほうを優先させるのは当たり前だろう。

それなのに、ここに足留めされたという感覚があった。

「森山さん。……はい、お水よ……」

中年の女が、手慣れた仕草で美波の口元にペットボトルの水を運ぶ。

「どうしたのかしら。凄《すご》く、疲れているみたいだけど……。何かご存じですか？」

そう問われて、竜憲は瞬《まばた》きを繰り返した。

大輔《だいすけ》のような排魔の力が、美波に備わっているわけではない。先天的な能力で、本人がなんの努力もしていないというのならいいかもしれないが、自分の精神の均衡を保つために手に入れた力を、竜憲は勝手に利用しようとしたのだ。

竜憲に向かってくるような、質《たち》の悪い霊を排除していたとすれば、疲れてしまうのも道理である。

唇を引き締めた竜憲は美波の手を取ると、ゆっくりと力を分け与えた。

5

人垣が不意に崩れた。

散々、大輔《だいすけ》を罵《ののし》っていた人間たちが、まるでスイッチを入れ替えたようにばらばらと大輔の周りから消える。

それこそ、急に我に返ったと言わんばかりに、本来の目的に向かい始めたようだった。

「なんなんだ……いったい……」

一瞬に気の抜けた大輔は、その場にへたり込みそうになるのを必死で堪《こら》えた。

判ったことがある。

これは、この今の状況は偶然などではない。たまたま巻き込まれたのではないのだ。

確実に、標的は大輔自身だ。

もしかすると、竜憲《りょうけん》でさえ目的ではないかもしれない。

竜憲を餌《えさ》に誘《おび》き出《だ》された、と考えるのが一番妥当だろう。そこにどれだけの意味があるのかは、まったく不明だったが。

今は、竜憲が同じような目に遭っていないことを祈るばかりだ。

最初は、些細《ささい》な違和感でしかなかったものが、強烈なものに変わっていた。

臭《にお》うとでも言えばいいのか、まるで、死体の山の中にいるような気がしてくる。

周り総《すべ》てが偽物《にせもの》と思ったほうがいい。

虫の羽音のような耳鳴りは、少しも消えてくれないし、平穏に見える周囲の風景が、ますます異常なものに思えてくる。

「似てるな……」

羽音のような耳鳴りといい、臭いといい、ひどく厭《いや》なことを思い出させる。

陰陽《おんみよう》の術《じゆつ》だ。

もしかして、あの悪餓鬼が関《かか》わっているのではないだろうか。

そうだとすれば、尚《なお》のこと標的は大輔のほうだ。

いや、素戔嗚《すさのお》と言うべきだろう。

考えすぎだろうか。

ここから逃げ出したほうがいい。

何をするにしろ、出直してくるべきだ。

ここがなにがしかの結界の中だとしたら、問題は、どうすれば逃げ出せるか、である。

同じ道を辿《たど》るくらいしか、大輔には思いつかない。

あっさりと見逃してくれればだが。

やってみるしかないだろう。

そう思い決めた大輔は、商店街を見渡した。

さっきまで、バリケードのように大輔を取り囲んでいた人々は、大輔に注意も向けていない。

人の流れに注意しながら、最初に商店街に足を踏み入れた場所を目指す。

クリーニングの店の横の路地に入ると、纏《まつ》わりつく空気がふっと軽くなった。

「出られた……か？」

さすがにそれは、甘い考えだったようだ。

向かいから近づいてきた二十歳《はたち》前後の男は、見る限り普通の男だった。

ただ、男からは異臭が漂う。

「ちっ」

大輔の舌打ちを聞きつけたのか、男は険悪な視線を大輔に向けた。

無論、つい先ほどの状況を思い出して、睨《にら》み返《かえ》すようなことはしない。

が、視線を逸《そ》らしたことが、男の怒りを買ったようだ。

「シカトすんなよ！」

突然の罵声《ばせい》とともに、肩をぐいと引かれる。

自分より、一回りも二回りも大きな男に、喧嘩《けんか》をふっかける度胸は誉《ほ》めてやりたいところだ。

相手が本物の人間ならば。

「悪いな時間がないんだ」

男の手を振り払い足早に歩きだす。

取《と》り敢《あ》えず、今は逃げるのが得策だろう。

下手《へた》に対応すれば、さっきの二の舞だ。

なぜか男は追ってこない。

ほっとする反面で、この先、行き合う人間が総《すべ》てこれかもしれないと思うと気が重かった。まだ、周りは全部敵である。

幾つかの角を曲がって、公園に辿《たど》り着《つ》く。

車も入ってこられないような細い路地を抜ければ、溝口《みぞぐち》と別れた通りに出る。

足をさらに速めようとした、その時、公園の中に人の気配がした。それも一人や二人という感じではなかった。そのくせ、声の一つも聞こえてこない。

ついさっきまで、誰もいないように思えたのに。

「信じられねぇ」

ここが、通常の世界でないことを、今更ながらに思い知らされた。

何がなんでも、大輔を逃がさないつもりなのだろう。

だとすれば是が非でも逃げ出さなくてはならない。

これだけの人数を揃《そろ》えて妨害するということは、裏を返せば、物理的に移動するだけで、結界が抜けられるという証拠だった。

気配が一瞬にして、奇麗《きれい》に消える。

同時に、公園から人が溢《あふ》れてきた。

商店街を行き交っていた人間たちとは違う。人間の形態をしているだけだ。

いや、それも怪しい。

中には、半分崩れかかった奴もいる。

誰も一言も発しない。

ただ、空《うつ》ろな目で大輔を見据えて、近寄ってくる。

捕まったら最悪だ。

「仕方ない……」

全部を相手にしていては埒《らち》が明かない。

一気に走りだす。

まるで、ゾンビのような連中でも、動きは素早い。

小奇麗な若い女が、大輔の正面に立《た》ち塞《ふさ》がった。

一瞬の躊躇《ちゅうちょ》が、大輔の動きを鈍らせる。

途端に、腕を摑《つか》まれた。

肩のあたりに金色の頭がある。

「くそっ！」

仮にも人の姿をしたものを、容赦なく殴《なぐ》り飛《と》ばすのは、戸惑われる。

それでも、拳《こぶし》を振るった。

拳に感じた感触は、生身のそれだ。

口々に喚《わめ》き立《た》てる人々も恐ろしいが、無言で取《と》り縋《すが》ってくる人の群れにも、背筋が寒くなる。

上着を摑んで放さない男の腕を捻《ねじ》り上《あ》げ、行く手を遮る女を、思いきりよく突き飛ばした。

誰も、悲鳴さえあげない。

全力で走る。

通りまでは、あと少しだ。

そこまで行けば、なんとかなる。

そう思っていられたのも、そこに辿《たど》り着《つ》くまでだった。

通りに飛び出した途端に、道行く人々の視線が、一斉に大輔に集まる。

同じだ。

公園にいた連中と。

どの顔にも表情がない。

公園から追っていた連中も消えてなくなりはしなかった。

国道に向かう方向は、狭い歩道はもちろん、車道までびっしりと人で埋まっている。

それだけでも充分異常なのに、全員の瞳《ひとみ》が空《うつ》ろにこちらを見詰めているのだ。

本当に背筋が粟立《あわだ》ってくる。

切り抜けられるか。

相手が人でないなら、少々手荒な対処をしても問題はないはず。そう思っても、両の手は空だ。

なぜだか、自分の腕の延長のような剣が、今日は現れない。

じっと凍りついたように大輔を凝視していた連中が、急に動き始める。

じわじわと距離を縮めてきた。

不意に理由が判る。

殺気がないのだ。

「なんてこった！」

踵《きびす》を返すと、唯一、誰もいない方向に向かって走った。

この先は駅だ。
また、振り出しに戻る。
歩いてここから出るのは不可能なのだろうか。
聞こえるのは微《かす》かな羽音と自分の息遣いだけ、車の音も何もない。
と、全力疾走する大輔の耳に、別の音が飛び込んできた。
「電車か⁉」
もしかすると、これはよい手かもしれない。
後は、タイミングだ。
電車の走る音が、こんなに心地よく耳に響いたことは初めてだった。

第四章　消えた素戔嗚《すさのお》

1

電車に乗るために、こんなに体力を使ったのは初めてだ。

ここから、出ようとしない限り、街の人々は誰も大輔《だいすけ》に頓着《とんちゃく》しない。

それどころか、駅で時刻表を調べていようと、乗車券を買おうと、誰も興味を示さなかった。

どうやら、行動の意味することまでは判らないらしい。

幸運と思うべきだろう。

そうは思うが、何かさらに深い陰謀がありそうで、妙に落ち着かなかった。

自分の封じ込められた訳の判らない世界が、陰陽《おんみょう》に関《かか》わっていることには、今や疑問はない。

だが、以前のように攻撃的ではなかった。

どちらかといえば、ただただ大輔を足留めしたい、と思っているらしい。

「てぇことは、やっぱり狙《ねら》いはリョウか……」

ぶつぶつと呟《つぶや》いた大輔は、駅の時計に目をやった。
あと五分ほどで電車が到着する。
早めにホームに行ったら、今までと同じ失敗をすることになるだろう。
ぎりぎりで電車に飛び乗るのが、多分正解だ。
苛々《いらいら》と時間が過ぎるのを待つ。
遠くから電車の音が聞こえ始めた。
改札の駅員は、べつに大輔の行動を阻《はば》まない。
ゆっくりと様子を窺《うかが》いながら、ホームへの階段を上がる。
誰もいないホームへ足を踏み出すと、ちょうどのタイミングで電車が滑り込んできた。
まだ、邪魔は入らない。
じりじりとしながら、扉が開くのを待ち構える。
扉が開く。
降りる客は誰もいなかった。
息を吐き、電車に乗り込んだ。
何人かの乗客の目が、集まる。
それが、ひどく怖かった。
だが、彼らの目に、あの異常さはない。

ただ、新しく乗り込んできた人間を、反射的に見ただけのようだ。

扉が閉じる。

重苦しい空気も、煩《うるさ》い羽音も、異様な腐臭も、総《すべ》てが消えてしまう。

扉の脇《わき》に立ったまま、大輔は車両の中をさりげなく見渡した。

漫画雑誌を読《よ》み耽《ふけ》る男。文庫本から目を上げない女。隣同士でぺちゃくちゃと喋《しゃべ》り続《つづ》ける者。目を閉じて電車の揺れに任せて上体を揺らす者。

そして、携帯電話のボタンを押し続ける者。

心底安堵《あんど》した。

どうやら、戻ったらしい。

窓の外に視線を転じる。

「何⁉」

横倒しになったトレーラーが目に飛び込んでくる。

消防車や救急車が、周りに見えた。

何時間もあの街にいたはずなのに。

こちらでは、大した時間が経《た》っていないらしい。

と、いきなり全身の力が抜けた。

網棚に手をかけ、かろうじて膝《ひざ》が崩れるのを食い止める。

何が起こったのか、理解できなかった。

ひどく身体《からだ》が重い。

脳貧血だろうか。

あれだけ走り回れば、無理もない。

不意に電車が減速し、車内アナウンスで、乗り換えと車両の接続の案内が流れ始める。

面倒な乗り換えのことを思い出して、大輔は苦笑した。

鎌倉《かまくら》に帰るには、ここで乗り換えが必要だ。

電車がホームに滑り込むと、車内の人間がざわざわと動きだした。

降りる人間たちに交じって、ホームに降り立つ。相変わらず、身体は重いが、目眩《めまい》や耳鳴りはない。

携帯電話を取り出して、溝口《みぞぐち》にコールを入れる。

あれだけかからなかった電話が簡単に通じた。

『姉崎《あねざき》さん。今、どちらに……』

「駅です。相模大野《さがみおおの》の」

『え？　どうして』

珍しく、溝口の驚いた声が返ってくる。

「事情は後で……それより、溝口さんは？　まだ近くにいますか？」

『ええ』

「拾ってもらえます？」

『はい』

「じゃあ、お願いします」

一人で動かないほうがいい。

それは直感だった。

疲れているというのもあるが、今は一人でいないほうがいいに違いない。できれば、霊能力のある者に、傍《そば》で監視してもらいたい。そんな気分だった。

外に出なければならないのは判っているが、どうしても歩く気にもならず、壁に寄りかかった大輔は、ぼんやりと、見るとはなく人の流れを眺めていた。

まだ時間はあるはずだ。

普通の人間を見ているだけで、なぜか安心した。

何を考えているか判らないところがいい。それぞれが想像もつかないことを勝手に考えている。そう思うと、心底安心できた。

誰かの命令に従うだけの傀儡《かいらい》など、見たくもなかった。

「……と……」

電車が入ってきた。

何時間も走り回ったつもりでも、ほんの十分かそこいらしか経《た》っていなかったが、今度は、数秒が十分に化けているらしい。

「まずいな……」

溜《た》め息《いき》を吐《つ》いて歩き始めた大輔を、客が追い越していく。

頭一つ以上大きい大輔を、まるで柱を避《よ》けるように、なんの感慨も、文句も言わずに追い越していくのだ。

ひょっとすると、本当にただの柱に見えているのかもしれない。

未《いま》だかつて、一度も存在感が薄いと言われたことがない大輔にとって、これはちょっと異様な体験だった。

たとえ怪我《けが》をしていようが、熱を出していようが、滅多に同情などしてもらえない。それどころか、デカい図体《ずうたい》をして邪魔だと、悪《あ》し様《ざま》に罵《ののし》られることすらあるのだ。

そんな暴言を吐くのは兄だけだと信じたかったが、現実には、そんな偏見の持ち主は、幾らでも存在したらしい。

途中で何度も休みながら、ようやく駅の外に出る。

視界までぼやけている。

ひどく眩《まぶ》しくて、物の細部が見えないのだ。

急に視力が悪くなったような気がする。

「くそ……」

幾らなんでも、これはひどすぎる。

自分の身体《からだ》に何か異状が起こっているとしか思えない。

「脳腫瘍《のうしゅよう》とかじゃ洒落《しゃれ》にならないぞ……」

急激な視力の低下は、脳の異状が原因の場合がある、などという話を思い出す。母親が看護婦のせいか、医療関係のニュースにはつい耳をそばだててしまうのだ。

平衡感覚も少しおかしい。

それも、脳の障害で生じる異状だ。

ようやくガードレールに寄りかかった大輔は、顳顬《こめかみ》を摑《つか》むようにして、目を閉じた。

本当に脳腫瘍だろうか。

頭の中に何かが棲《す》みついているのではないだろうか。

怠《だる》いだけで、痛くも痒《かゆ》くもないというのが、余計に引っかかる。

うっそりと顔を上げて煙草《たばこ》を銜《くわ》えた大輔は、ふと、眉《まゆ》を寄せた。

ぼやけた視界の中を、ゆっくりと歩く人影が気にかかる。

黒ずくめの格好は、なぜか鴉《おおとり》を想像させるものだった。

「……あいつ……」

生身の人間ではない。

かといって、幽霊だの物《もの》の怪《け》だのというものでもないらしい。

人であり、同時に人でないもの。

「姉崎さん……ですよね」

「大神《おおみわ》……さん？」

「はい。……どうなさったんですか？　ひどく具合が悪そうですが……」

「いや……ちょっと……」

「ひょっとして、あの事故に巻き込まれたとか？」

「え？」

「何か、化学物質が漏《も》れたとかいって、ずいぶん、病院に運ばれているみたいですよ。これからでも、病院に行かれたらどうですか？　なんだったら、送りますよ」

心配そうに覗《のぞ》き込《こ》む大神は、今にも大輔に肩を貸そうとしていた。

鴻とそっくりなくせに、表情がある。

それが、妙に腹立たしかった。

「タンクローリーの事故でもあったんですか？」

「あれ？　違うんですか？　この先で、道路が封鎖されてるんですよ。電車ですか？　珍しいですね。旅行に行くのも車だって伺ってたのに……」

そんな余計なことを言うのは、修一《しゅういち》に違いない。

どうしたわけか、修一はこの鴻のそっくりさんが気に入っているらしいのだ。

「封鎖？」

「ええ。そうですよ」

どうやら、溝口を待っていても無駄らしい。

「大道寺《だいどうじ》さんを待っているんですか？」

言われて、大輔は頬《ほお》を痙攣《けいれん》させた。

竜憲《りようけん》は、まだ小田急相模原《おだきゆうさがみはら》にいるのだろうか。

引き返して、もう一度確かめるべきだろう。今までの自分なら、間違いなくそうした。

だが、今の自分では、足手纏《あしでまと》いになるだけに違いない。

「お送りしますよ。本当に具合が悪そうだ。待ち合わせなら、電話をすればいいんじゃないですか？」

「……ああ。すみません。じゃあ、お願いします」

「車を回してきますから、ここにいてください」

そう断ってから、大神は駅に向かっていった。

肩を落とすような溜《た》め息《いき》を吐《つ》き、溝口に連絡を入れる。

予想どおり、溝口は渋滞に捕まっていた。

自力で戻ると言うと、ひどくほっとしていた。

おそらく、竜憲の居所も摑《つか》んでいると思っているだろう。そうでなければ、若先生を見捨てて、家に戻るなどという暴挙を許すはずがない。

自分自身でも信じられないぐらいだ。

どうして、帰ろうと思うのか。

精神がぐらぐらと揺れている。

「飲んでください。すぐ、戻ります」

手に、冷たいものが握らされた。

大神が駅に向かったのは、飲み物を仕入れに行ったかららしい。

溜《た》め息《いき》を吐《つ》いた大輔は、冷たい缶を目に押し当てた。

2

日本人離れした大男を見つけた時、大神《おおみわ》は一瞬人違いかと思った。

鬱陶《うっとう》しいほどの存在感を持っていた男が、萎《しお》れて見えた。

それこそ、ガードレールに括《くく》りつけられた捨て看板程度にしか、目につかなかったのである。

飲み物の自動販売機を探して、スピードを落としていたから、気づいたようなものだ。普通の速度で走っていたら、人がいると認識もしなかったかもしれない。それほど大輔《だいすけ》の存在は希薄になっていた。

「……まったく、何をしているのか……」

魂を半分、どこかへやっているらしい。

器用な奴だ。

本人がそれに気づいていないようなのが、また、笑える。

「まったく、我が従兄《いとこ》どのは変わり者と関《かか》わっておられる……」

なにやら、不穏な動きがあるようだ。

それとも兄が不穏な動きを始めたのだろうか。

いきなり、会社を辞めて帰ってこいという命令があったのが昨夜。もちろん、兄の命令など聞く気はなかった。

友人たちに比べれば、金銭的には恵まれていたかもしれない。だが、家の中に彼の居所などまったくなかったのだ。

唯一の例外が、祖母だったが、その祖母も口煩《くちうるさ》い監視者という部分が大きかった。

大学進学の名目で、家を離れられた時は心底嬉《うれ》しかったし、就職して、やっと自由になったと思った。

単なる、思い込みにすぎなかったらしい。

会社を辞めて戻ってこいなどという命令にも、無条件で従うものだと、兄はもちろん、両親も親戚《しんせき》一同も信じているのだ。

そこには、大神の意思など、介在していなかった。

命令に逆らうなどと、考えもしないらしい。

「……悪いな……」

のそりと、身体《からだ》を車内に入れた大輔が、シートに腰を落ち着けて、大きく溜《た》め息《いき》を吐《つ》くと、緑茶のステイオン・タブを開けて、口に運んだ。

「いいえ。大道寺《だいどうじ》にお送りすればいいんですね」

「ああ……。悪い。もう一件、電話するから……」

「どうぞ」

この大男は、ひどく礼儀を気にするようだ。

小男と言っていい修一《しゅういち》と、見た目はまるで違うのに、こういうところはそっくりだ。

ということは、礼儀を忘れない限り、邪険に扱われることもないだろう。

「……あ、姉崎《あねざき》です。鴻《おおとり》さんは……」

その名前を聞いただけで、大神の背筋の毛が、ぞわりと立ち上がった。

「姉崎です。……リョウが行方不明だ。……小田急相模原《おだきゅうさがみはら》の駅に来いという連絡があったが……俺は近づけない」

明らかな年上の男に、この言いようはないだろう。どちらかというと、きっちりとした喋《しゃべ》り方《かた》をしそうなタイプに見えるのに、不自然なほどだ。

どうやら従兄《いとこ》はかなり嫌われているらしい。

まぁ、無理もない。

大輔も鴻も、古代の神様の依坐《よりまし》なのだから。

ちらりと大輔に目をやった大神は、眉間《みけん》に皺《しわ》を寄せた。

萎《しお》れているはずだ。

すっかり空っぽになっている。

「……ああ、悪い。とにかく、捜してみてくれ。電話は俺が持っているから、連絡を待つしかないんだ。……頼む」

電話を切った大輔は、シートに身体《からだ》を預けた。

深い呼吸を繰り返しているのは、疲れているからだろう。

「あの……。どこへ置いてきたんですか」

「あぁ？　何を……だ？」

「あ、すみません。ちょっと、そんな気がしただけなんです。思い違いならいいです」

慌てて、言い募る。

たまに、降りるだけなのだろう。前回会った時が、たまたま降りていただけなら、平時の彼に対して、置いてきたというのは、あまりにも失礼だった。

「……見えるのか？」

ぼそりと呟《つぶや》く大輔は、居心地悪そうに腰を動かした。

「いえ、ほとんど……。ただ、感じるだけです。大きな方ですよね。あなたに混じっていたから、ちょっと判りづらいけど……」

「リョウは？」

「……彼にも何か？」

おそらく、対の神が降りているだろうとは思った。ただし、竜憲《りょうけん》のほうは大輔以上に溶け込んでしまっていて、判別することなどできなかったのだが。

「……いや……いい」

「実家っていうのが、妙な家なんですよ。一種の宗教っていうか、色々とややこしい儀式とかありますし。……ま、僕は次男坊ですから、気楽なものですけど」

「なるほど。折角、鬱陶《うっとう》しい家を飛び出したのに、会社にはもっと鬱陶しいのがいたっていうところか」

むっすりと、大輔が応じる。

その鬱陶しいの、が修一を指しているということはすぐに判った。

正面切って罵《ののし》り合《あ》えるほど、この兄弟は仲がいいのだ。陰湿な争いなどではない、ややこしい計算も駆け引きもなく、ただ単に虫が好かないといって、反目し合えるという、ごく健全な兄弟だった。

「姉崎さんは全然いいですよ。ウチの鬱陶しいのに比べたら。……一種、化け物ですからね。もう生き神様扱い。あれじゃあ、ぐれたくもなる」

「そうなのか？」

「そうなんです」

悪戯《いたずら》っぽく返す大神に、大輔は苦笑を浮かべた。

おそらく、大道寺を思い浮かべたのだろう。

代々、高名な霊能者。陰陽《おんみよう》の頭《かみ》の家に生まれて、突出した力を持った息子。

修一から聞いたのはその程度の話だったが、正当な後継ぎとしての修行をしていないのは、当人に会えばすぐに判った。

古代の神様に取り憑《と》《つ》かれているのだとすれば、異端だろう。式神《しきがみ》として使うならいざ知らず、乗っ取られていたのでは話にならない。

それでも、大道寺が竜憲の居場所になっている。

自分の生家で行われていることは、何ひとつ知らされていない大神でも、それぐらいのことは判った。

ひょっとすると、本家の跡取りより、大事にされているのではないかと思うぐらいだ。

「まぁ、僕にとってはただの暴君ですけどね」

「同じだな。未《いま》だに家長制度の中で生きてやがるから。……跡取りだのなんだのが問題になるような家なら、まだ納得もしてやるが、うちなんぞ、ただのサラリーマンだからな。

本当に腹が立つ」

本気で怒っているようだ。

怒りが、彼の生命力の根源なのか、車に乗せた時に比べて、格段に顔色がよくなっている。

「……そういえば、さっき置いてきたって言ったな」

「あ、すみません。妙なことを口走ってしまった……」

「どうやら、それが正解みたいだ」

ぼそりと呟《つぶや》いた大輔は、重々しい溜《た》め息《いき》を吐《つ》いた。

「……鴻は味方だ。それは判っているが、どうしても信用する気にはなれん。……お前は敵かもしれないし、鴻にうりふたつだ。それなのに、信用する気になっているのは、どうしてだろうな……」

「敵……ですか？」

「ああ。そんな気がする」

腕組みした大輔は、ポケットから煙草《たばこ》を取り出して、再び元に戻した。

「いいですよ。グローブボックスに灰皿がありますから。……どうぞ……」

「いや。禁煙する」

ぐしゃっとパッケージを潰《つぶ》した大輔は、目を細めて、前方を睨《にら》んでいた。

「敵かどうかは判りませんが……。兄のような力もありませんし。でも、確かに何かあるかもしれませんね」

「なんだそれ……」

にやっと、大輔が笑った。

「自分でも判らないんです。……ただ、何がきっかけになるかは判っているんですけど」

鴻恵二《けいじ》に見《まみ》えることだ。

決して会ってはならないと、祖母に言われ続けた相手に。

その鴻がいる家に向かうのは、祖母の遺言に逆らってみたいからだった。

自分から望んで行くのではない。具合の悪そうな顔見知りの住人を送り届けるだけ。

それは、偶然に未来を托《たく》すという、大神信明《のぶあき》という人間のひどく消極的な決断だった。

3

「こんなところで何をしてるんだ」

いきなり、ドアが開いて、大男が現れた。

「なんなんですかあなたは！」

竜憲《りょうけん》と美波《みなみ》を取り囲んでいた人々が、一斉に立ち上がる。

竜憲が入ってきた時は、誰一人、まったくの新参者でも、まったく存在に気づかないという顔をしていたのに、図抜けた大男が現れると同時に、皆が敵意を剝《む》き出《だ》しにした。

「ここがどこか判っているのか？」

低い声。

びりびりと大気を震わせる声は、頭ごなしに命令することを当然としている迫力があった。

「来い！」

竜憲の手を摑《つか》んだ大男は、そのまま集会場を出ようとした。

「待ちなさい！」

「待って！　大道寺《だいどうじ》さん！」

わらわらと、人々が手を伸ばす。

竜憲の手を掴《つか》み、足を掴み。まるで何かに取《と》り縋《すが》るように、竜憲の身体《からだ》を掴もうとしていた。

「去《い》ね！」

恫喝《どうかつ》。

瞬間、人々は弾《はじ》き飛《と》ばされた。

一塊になって、壁に叩《たた》きつけられた人間が、どろりと溶ける。

ぎょっとして、竜憲はその肌色の塊を見詰めていた。

「来い……」

再び、男が手を引く。

「……素戔嗚《すさのお》？」

ようやく、竜憲にも認識できた。

この圧倒的な力は、決して普通の人間のものではない。

だが、素戔嗚が、それだけで行動するというのが、信じられなかった。

「大輔《だいすけ》は？」

ふん、と鼻を鳴らす。

ぐいぐいと腕を引っ張って、集会場を飛び出し、駅に向かって足を進める。

どうやら、今更答える必要があるとは思っていないようだった。

「どうして動けるんだ？」

「動いているというのか？」

「え？」

どういう意味だろう。

足を止めて、大男の顔を見上げる。

皮肉げに口元を歪《ゆが》めた大男は、竜憲の腕を取って歩き始めた。

「どうして一人で動いた。あれを連れていなければ、守りようがない」

「ごめん……」

素戔嗚が守りたいのは、戔須良姫《さすらひめ》だ。しかし、大輔の身体《からだ》から抜け出せる素戔嗚と違って、戔須良姫は竜憲の中で眠り続けていた。

竜憲を殺さないために。

それが、素戔嗚には腹立たしいのだろう。

悠久の時を待ち続けた素戔嗚が、ようやく自由を得たのに、肝心の戔須良姫が目覚めることを拒絶しているのだ。

「目を開け。あやつらに取り込まれるなぞ、腑抜《ふぬ》けるにも程があるぞ！」

怒りが、びりびりと周囲の空気を震わせていた。

人の態《なり》はしていても、これだけで人間ではないことは、誰にでも判りそうだ。

「森山《もりやま》さんのこと？」

「あれに名前なぞ、あるのか？」

ぴたりと足を止めた素戔嗚が、後ろを振り向いた。

視線の先に、ぬめぬめと蠢《うごめ》くものがいる。

肌色のゼリー状のものがてんでに動き、千切れて分かれ、寄り集まって一つになる。

細胞分裂の映像を見せられているようだ。

それらが、じわじわと、だが確実な動きで、竜憲の後を追ってきていた。

「あれ……は……」

「元は人だ。……まだ人かもしれんが……」

素戔嗚が頬《ほお》を引《ひ》き攣《つ》らせる。

まくれ上がった唇《と》の間から、真っ白な牙《きば》が覗《のぞ》いていた。

「所詮《しょせん》は、人だ。取り縋《すが》って喚《わめ》くことしかできんわ」

素戔嗚にしてみれば、人の成れの果ても人も同じなのだろう。だが、まだ人かもしれないという言葉は、竜憲の足を止めた。

「……ああいうふうに見えてるだけなのか？　それとも、あんなふうになってしまって、戻れないのか？」

「下らん」

素戔嗚にとっては、同じなのだろう。

だが、竜憲にはまるで違う。

何が原因であなってしまったのかは知らないが、彼らが元に戻る術《すべ》があるのなら、助けたかった。

「望んでなった姿だ。そなたが何をしようと迷惑なだけ」

「違うだろ！　誰かに操られてるんじゃないか？　あんな姿に……なりたいと望んでるわけがないだろ！」

赤。

黄。

青。

黒。

決して混ざり合うことのない塗料が、マーブル状に絡《から》み合《あ》い、再び分離していく。

一本一本の筋が、髪の毛より細くなって、捩《ねじ》り合《あ》わさって肌色となる。ところが、それらはひとたび解ければ、単色のゼリー状のものに戻るのだ。

「いや、望んでおる。自らの望みを叶《かな》えるために、ああなったのだ」

「そんなバカな……」

「あれらは自ら望んでああなったのだ。元いた世界に引き戻すこともあるまい」

本当だろうか。

だが、総《すべ》てが嘘《うそ》とは言いきれないかもしれない。

決して混ざり合わないが、一体となって蕩《とろ》けるゼリーのように、互いを攻撃することなく、互いを侵食することなく、一体感を味わう。

確かに、それが彼らの望みかもしれない。

穏やかに会話をして、笑い合う。何を言おうと批判されることはないし、声を荒らげることもなく、何時間でも語り合う。

あれは、心穏やかに過ごすには、絶対に必要な時間だったのだろう。

それが総てとは言わないが、彼らが望んでいたのは間違いない。

納得したわけではなかったが、強く反対することもできなかった。

抵抗が失《う》せたことを察したのか、竜憲の腕を引く力はいっそう強くなっている。

「押し出してやろう。……右に走れ。そなたのよく知る者がおる」

小さな四《よ》つ辻《つじ》に差しかかると、素戔嗚が笑った。

「素戔嗚？」

「行け！」

ぐいっと、何もない空間に身体《からだ》が押し付けられた。

ねっとりとした生暖かい膜《まく》が、身体に纏《まつ》わりつく。

と、左の肩のあたりで、小さな亀裂《きれつ》が走った。

「うわっ！」

膜が破れる。

と同時に、転がり出た。

けたたましいサイレンの音。

悲鳴。

熱気が襲ってくる。

「逃げろ！　逃げるんだ！」

火災か。

いや事故だ。

横転したタンクローリーに消防車が中和剤を掛けていた。

「くそ……」

最悪なことに、燃料が漏《も》れて引火したらしい。

ついさっき爆発したのだろう。

遠巻きに見物していた人々が、悲鳴をあげて逃げだしている。

その流れに乗って、竜憲も走りだした。

右へ。

素戔嗚に命じられたとおり。

きっとそこには、大輔がいるだろうと思っていた。

生身の彼が入れない場所に、素戔嗚だけが入り込んだのだと信じ込んでいた。

だが、数メートル前にいたのは、見慣れた黒塗りの車だった。

道路を封鎖した警察官が、近くの空き地に車を誘導して、一台ずつ方向転換をさせている。

「溝口《みぞぐち》さん……」

ウィンドゥをノックする。

と、溝口はロックを外してくれた。

「……ご無事でしたか……」

「大輔は？　一緒じゃないのか？」

偶然、溝口がここにいたとは考えづらい。

「先ほど、電話がありました。ご自分で帰られるということです」

「……そうか……」

何があったのだろう。

ここまで来ていながら、一人で帰ろうとするのが、信じられない。何より、素戔嗚が取り残されているのだ。

やはり、ここには何かあるようだ。

唇を引き結んだ竜憲は、身体《からだ》を捻《ひね》るようにして、彼方《かなた》に立ち上る黒煙を見詰めた。

4

「うそ……」

大輔《だいすけ》と顔を合わせた途端、竜憲《りょうけん》はそう呟《つぶや》いていた。

「何が？」

ひどく疲れた顔で、大輔が応じる。

居間のソファーに座っている大輔を見て、一番最初に感じた印象は、なんだか小さくなった、だった。

鬱陶《うっとう》しいほどの存在感が、薄れている。

大輔から、何かが抜け落ちていると理解するには、少し時間がかかった。その何かが、素戔嗚《すさのお》なのだと理解するのに、もう少し。

本当に、素戔嗚はあの奇妙な空間に取り残されていたのだ。

「大輔……あんた」

「やっぱり、判るよな……」

溜《た》め息《いき》混じりに呟《つぶや》かれると、続ける言葉がなくなる。

よほど、疲れているのだろう。素戔嗚に取《と》り憑《つ》かれるまえから、彼の身体《からだ》に満ちていた生命感まで希薄になっている。

変な言い方かもしれないが、素戔嗚が消えてしまったからといって、大輔の存在がこんなふうに希薄になるというのは信じられない。

それとも、何かに取り憑かれるということは、人間の生命力を削ることなのだろうか。

まるで、竜憲の知る大輔とは、別人のようだ。

「どうして？」

「それが判れば苦労しない。……できれば、質問は勘弁してくれよ。さっき散々鴻《おおとり》に質問攻めにあってたんだから……」

「そうなのか。——何か具合が悪そうだから、かなりひどい目にあったのかなって」

「悪い……」

こんなふうに謝るのも、なんだか大輔らしくない。

これ以上問い詰めるのは、気が引けた。

「それより、どうやって帰ってきたのさ。アシなかったろ？」

話題を変えると、大輔は苦笑を浮かべる。

「どうやって帰ってきたと思う？」

「判んないから訊《き》いてんじゃん」

「判らないって……普通、電車とか、タクシーとか、思わないか？」

妙な軽口は、いかにも大輔だ。

「もしかして、だからそんなに疲れてる？」

なんだかほっとして、竜憲は彼の隣に席を移した。

「疲れてるか？」

「かなりね」

手を伸ばし、大輔の腕に触れる。

途端に力が吸い取られるような気がした。乾いた砂に水が染《し》み込《こ》むように。

少しでも、癒《いや》してやろうと思ったのは確かだ。

だが、こんな状態は想像していなかった。

普段と違う。

普通の人間を癒すのとも、少し違う。

なんだろう。底なしの空洞に力を注いでいるかのようだ。

注ぎ込む以上のペースで力が吸い取られる。サイフォンの原理を思い出してしまったのは、管を外さない限り、力を吸い取られる量が変わらないからだろう。

その戸惑いを察したのか、大輔が顔を覗《のぞ》き込《こ》んでくる。

「どうした？」

なんと説明したらいいのだろう。

素戔嗚とともにある大輔なら、こんなふうに乱暴に力を奪わない。一番近いのは、こんな説明だろうか。

けれども、口に出して言うのは躊躇《ためら》われた。

素戔嗚が自分の中にいないことを、どうしてか大輔はよしとしていないようだったからだ。

近頃では上手《うま》く折り合っていたようだが、決して、その存在を容認しているわけではなかった。どちらかといえば、嫌っていたと思うし、決別できるのならそうしたかったはずだった。

普通に考えれば、そう思うのが当然だ。

「リョウ、もういい。やめとけ」

「あ……ああ」

「俺は大丈夫だから」

確かに、最初よりは、少しは状態がいいらしい。

顔色が戻っている。

「あんた、かなりまずい状態なんじゃない？」

これくらいは訊《き》いてもいいだろう。

「まぁな。……目眩《めまい》はするし、目は霞《かす》むし……何しろ、身体《からだ》に力が入らない」

「それって、かなりまずいじゃん」

常識的にいえば、医者に行けと言うところだろうが、これはどう考えても無駄な進言だろう。

「……素戔嗚が抜けたからか？」

訊き返す声が、頼りない。

「さぁ……どうだろう。それより、おれ素戔嗚に助けられた」

「え？」

大輔は心底驚いた顔で、竜憲を見返した。

「なんだか知らないけど、変な結界の中に取り込まれてて……そこから追い出してくれたんだよね」

「嘘《うそ》だろ？　俺はどうしても、お前を見つけられなかったのに」

竜憲を捜すために、大輔から抜け出るしかなかった。要するに、そういうことなのだろうか。

「それ鴻に話したか？」

「まだ会ってないから……」

「溝口《みぞぐち》には？　拾ってもらったんだろう？」

「あ、うん。一応、言っといたけど。後で、ちゃんと話さないと」

「ホントに、後にしろ。今ちょっと妙な客がいるから」

意味深長な大輔の言いように、竜憲は眉《まゆ》を顰《ひそ》めた。

ずいぶんと元気が戻ったらしい。

いちいち遠まわしな言い方をするのが、大輔の悪い癖だ。もちろん、皮肉な口をきけるほど回復したと喜ぶ気にはなれなかった。

「逸《はぐ》らかそうとしてる？」

「いや。……大神《おおみわ》だよ。俺を送ってくれたんだ」

「大神さんが道場のほうにいるの？」

とてつもなく、そぐわない。

見た目は確かに、鴻と似ていたが。

「あいつ、素戔嗚がいないの見抜いたぜ」

「ホントに？」

「嘘《うそ》ついてどうするよ。……どこに置いてきたとか吐《ぬ》かしやがった」

「でも……」

「何がでもだ？」

「いや、あの人、そんなふうに見える人には……」

「だよな。俺もびっくりした。それに……」

「それに？」

「まぁ、あいつが帰ったら教えてやる」

少し元気になると、これだ。

勿体《もったい》をつけた大輔の言葉に、癒《いや》してやったことを少しばかり後悔しながら、首を竦《すく》めてみせる。

妙な脱力感を覚えて、竜憲はソファーにぐったりと身体《からだ》を預けた。

と、代わりに大輔が身体を起こす。

「なんだか、騒々しいのが来るぞ」

言われて耳をすましました。

確かに、音をたてて、廊下を歩く音が聞こえてくる。

「若先生！」

居間に飛び込んできたのは、弟子の富永《とみなが》だった。

「若先生！」

竜憲が口を開くまえに、大輔が皮肉げに応じる。

「何度も喚《わめ》かんでも聞こえてる」

元気になったはいいが、大輔は不機嫌極まりない。

「申し訳ありません」

ぺこりと頭を下げた富永は、竜憲の顔に真《ま》っ直《す》ぐに向き直る。

「いいよ。それで、何？」

「道場で……あの……お客様が……」

言いながら、富永はちらりと大輔を見遣《みや》った。

「大神か？」

横から大輔が訊《き》く。

「え……ええ」

「あいつがどうした？」

「説明するのは――来ていただけますか？」

自分が強引だという意識はないらしい。

富永は真剣な目で、竜憲を見詰めている。

「はい」

頷《うなず》いた竜憲は、先に立って廊下に出た。

何があったのか知らないが、道場で起こったことの手助けに竜憲が呼び出されることは滅多にない。

なりふりかまっていられないことが起こったか、竜憲自身に関係のあることなのか。

どちらにしても、異常な事態であることには違いがない。

後に付いてくるだけでなんの説明もしようとしない富永を、問《と》い質《ただ》すのも面倒で竜憲は足を速めた。

5

道場の扉がない。
内側で爆発でもあったかのように、扉がふっ飛んで枠組みしか残っていないのだ。
頑丈な蝶番《ちょうつがい》が捻切《ねじき》れていた。
「嘘《うそ》だろ？　おい」
大輔《だいすけ》は思わず呟《つぶや》いていた。
何が起こったのか、判らない。
「鴻《おおとり》さん！　溝口《みぞぐち》さん！」
声をあげる竜憲《りょうけん》に慌てて寄り添う。
ボディガードとしては、そのまま竜憲に突っ込ませるわけにはいかなかった。
そして、ふと気づく。
素戔嗚《すさのお》はいないのだ。
今の自分に、ボディガードを任ずる資格はあるのか。

「リョウ？」

止まろうともしない竜憲の肩に手をかける。

「放せ！」

予想外に強い調子で振り払われる。

「待て……まずいだろう！」

止めても無駄らしい。

引きずられるように、道場の中に足を踏み入れる。

大神《おおみわ》が立っていた。

「大神？」

大輔が声をかけた途端、大神はにやりと笑った。

さっきまでとは、まるで雰囲気が違う。

威圧感に呑《の》まれて、大輔は思わず後退《あとじさ》っていた。

「鴻さん！」

竜憲の声に、ようやく我に返った。

大神の隣に視線を移す。

きちんと正座した鴻が目に入った。

様子がおかしい。

「鴻！　どうした？」

半分目を伏せて、身動《みじろ》ぎ一つしない。

まるで石で造った置物のように、硬直していた。

「何をした⁉」

大神に詰め寄る竜憲の目が据わっている。

「この男はなすべきことをしただけだ」

穏やかに告げただけなのに、大輔の背筋はぞくりと粟立《あわだ》った。

悲鳴をあげて逃げ出したい。

いや、この場で這《は》いつくばって、拝みたいのかもしれない。

荘厳《そうごん》な神社に足を踏み入れると、ついつい厳粛な気分になるが、あれと似たような感覚だった。

明らかに、大神は変化している。

人ではないものが、彼に入り込んだのだろうか。

「……まさか……現国魂《うつしくにたま》？」

鴻を見捨てたとしたら。

素戔嗚が大輔から抜けてしまったように、鴻から現国魂が抜けるという可能性もあるだろう。

これだけそっくりな人間なら、神様にしても若いほうが都合がいいに違いない。

ひょっとすると、大輔が見捨てられたのも、老《ふ》けたからだろうか。

確かに、十代の若者に比べれば、衰えているに違いない。問題が肉体だけならば、鍛えることも可能だろうが、彼らが求めるのは生命力なのだ。

だが、竜憲の内にいる戔須良姫《さすらひめ》は、彼から抜け出す様子はなかった。

つまり、戦士だけが代替わりを求められているのかもしれない。

「いつまで眠っている気だ？」

口元に小さく笑みを浮かべた大神が、竜憲の手を取った。

「いつまで眠らせておく気だ？」

竜憲の目を覗《のぞ》き込《こ》む。

「大神さん……」

「器を呼んでもせんないこと」

鴻と同じ漆黒の瞳《ひとみ》が、楽しげにきらきらと輝いていた。

「現国魂！」

大輔が喚《わめ》く。

どれだけ必死に目を凝らしても、大神にしか見えない。あの白蛇の姿が見えないのは、素戔嗚の力をなくしてしまったからに違いない。

それとも、素戔嗚こそが大神に入り込んだものの正体なのだろうか。

「……リョウ……そいつは誰だ。現国魂か？　……ひょっとして……素戔嗚か？」

無言で、竜憲は首を横に振った。

すうっと、表情が消えていく。

大神には、竜憲の力をしても、逆らえないものがあるのだろう。

「戻ればよかろう。そなたが戻れば、あれも追う。ひと一人に情けをかけても仕方あるまい。……ん？」

ついっと、指先で竜憲の顎《あご》を持ち上げた大神は、目を覗《のぞ》き込《こ》んだ。

と、眉間《みけん》に皺《しわ》が刻まれる。

「私の声は届かぬか……」

ふっと、微笑《ほほえ》みを浮かべた大神が手を放す。

「分けてやろう。いつまでも、あれに振り回されることはあるまい」

にっと笑った大神が、周囲に視線を巡らせる。

そして、今更のように大輔に気づいた。

「そこの。……女子《おなご》を連れてこい。そも、男の身体《からだ》を器としたのが間違いのもと。道理を通そうではないか」

「畏《かしこ》まりました」

深々と頭を下げた大輔は、這《は》いつくばったまま、道場を出た。

腹の中には、怒りが渦巻いている。

だが、大神に対抗できる力がないことは、誰よりも自分が一番よく知っていた。

道場を出る。

と、救急車の音が聞こえてきた。

「溝口さん……溝口さんっ！」

涙声は、吉川《よしかわ》のものだ。

ついっと眉《まゆ》を寄せた大輔は、ちらりと後ろを振り返った。

やはり竜憲は、一歩も動けないらしい。

「くそっ……」

救急車の音のほうに駆けだす。

悪い予想は当たるものだ。

ストレッチャーに乗せられた溝口が、救急車に運び込まれていた。

真紀子《まきこ》と吉川が同行するらしい。

ひどく真剣な顔をした真紀子と、泣きじゃくる吉川が車中に消えると、ゆっくりと救急車は動きだした。

「どうした？」

手近にいた富永《とみなが》を引っ捕まえて、問う。

「判らないんです。……大神さんが鴻さんに会いたいとおっしゃって……。道場で引き合わせるとか、溝口さんが立ち会うとか言ってて……。凄《すご》い音がして……。そしたら……」

「わざわざ道場で会ったのか？」

「はぁ……。鴻さんがそうおっしゃって……」

富永は霊能者としては、さして才能のある男ではない。鴻や溝口の補佐というよりは、下働きといってもいい役割だが、思いのほか気が利《き》くので、色々と便利に使われているらしい。

今は、そんな富永の存在がありがたかった。

「怪我《けが》の具合は？」

「意識はありました。……けど、肩が折れてるかもしれません」

「……判った」

溝口は道場の扉に叩《たた》き付《つ》けられたのだろう。

竜憲が手を差し伸べれば、救急車を呼ぶ必要はなかったに違いない。いつもの竜憲なら、自分の命を削ってでも、溝口を助けようとするだろう。

疲れ果てて、そのまま昏倒《こんとう》するまで、他人を癒《いや》そうとする竜憲を、ずっと苦々しく思っていた。

だが。

そのほうがずっとましだ。

大神に魅入《みい》られて、何もできなくなっている竜憲など、見たくもなかった。

「くそ……」

唇を引き結んだ大輔は、もう一度道場に向かった。

第五章　夜の神

1

蒼《あお》い。

破られた扉の代わりに、蒼い光が満ちている。

「リョウ！」

ばっと、道場に飛び込む。

瞬間。

視界が失われた。

何も見えない。

ただ、蒼だけの世界。

「リョウ！　くそっ！　竜憲《りようけん》！　どこだ？」

「……来るな……」

微《かす》かに、囁《ささや》くような声が聞こえた。

「リョウ！」

「来るな」

光に押し返される。

物理的な圧力を感じる。

「リョウ！　大丈夫か！」

「邪魔だ！　来るな！」

ふわっと、身体《からだ》が浮いた。

次の瞬間、大輔《だいすけ》は壁に強《したた》かに打ちつけられていた。

「……くっ……」

人間は、これほど弱いのか。古《いにしえ》の神が見捨てた身体は、これほど頼りなくなるものなのだろうか。

ふらつきながら立ち上がった大輔は、そのまま崩れるように膝《ひざ》を突いた。

蒼《あお》に染められた空間に、白い人影が浮かんでいた。

「……リョウ……」

表情をなくした美貌《びぼう》がゆるりと動き、何かを捜しているように見えた。

「……リョウ……」

あれは竜憲だろうか。

それとも、戔須良姫《さすらひめ》だろうか。

「……リョウ……」

置いていくな。

一人で行く気じゃないだろうな。

そう言いたいのに、大輔はただただ畏《かしこ》まっていることしかできなかった。

このまま見捨てられるかもしれない。素戔嗚《すさのお》がいなくなった空の器には、用はないのだろうか。

足手纏《あしでまと》いにしかならないただの人間は、切り捨てられるだけなのかもしれない。

通りすがりの人間が、竜憲に見蕩《みと》れてしまう場面など、幾らでも見てきた。だが、竜憲はその視線に気づきもしない。

自分もあの人々と同じになってしまうのだろうか。

「何をする気だ？　あれを迎えに行くか？　いいだろう。そのまま行ってしまえ。現世《うつしよ》には、そなたらの居所などなかろう」

ふっと動くものがいた。

蒼《あお》い光を遮るもの。

白い、闇《やみ》。

ぽっかりと開いた漆黒の目の中に、黄金の瞳《ひとみ》があった。

「……大神《おおみわ》？」

嘗《かつ》て、大神だった者。

「捨て置け」

嘗て、竜憲だった者。

「そうはいかぬ」

黄金の瞳《ひとみ》を持つ者は、口元に笑みを掃いて、蒼《あお》い光に手を伸ばした。

蒼い目を持つ白い人が、その手を無視して歩きだす。

「リョウ！　大神！」

大輔は、二人に呼びかける術《すべ》を知らなかった。

どうしてこんなことになってしまったのか。

まったく理解できない。

ただ、この二人には、大輔の声も届いていないことだけははっきりと判った。

「恋しいのだろう？　連れていってやろう……」

蒼い目が、黄金の目を真《ま》っ直《す》ぐに見る。

「騙《だま》しはせぬ。……会わせてやると言っておろう……」

にやっと、笑った黄金の目が、蒼い目を持つ者の手を取った。

ふわりと、その身体《からだ》が浮かび上がる。

「リョウ！　竜憲！」

反射的に、その足に飛びついた。

確かに、白い足に触れたはずだ。

だが、大輔の手は宙を摑《つか》んでいた。

「竜憲！」

空を見上げる。

いつの間にか、夜が支配していた。

ぽっかりと、満月が浮かんでいる。

「……まさか……」

周囲は夕刻の明るさだ。だが、大輔の頭上にだけ、夜が現れていた。

「……月……か？」

あの、黄金の瞳《ひとみ》は、月なのだろうか。

「月夜見《つくよみ》……か……」

じんわりと、頭上の夜が広がっていく。

夜は、月――月夜見の世界だ。

天照大神《あまてらすおおみかみ》と対をなす、現世《うつしよ》の神。

どうやら、素戔嗚とは折り合いがよくないらしい。

「くそ……」

低く呻《うめ》いた大輔は、道場に踏み込んだ。

扉が壊れている以外、なんの異変もない板張りの空間。

その中央で、鴻《おおとり》は正座したままだった。

相変わらず、石で彫られた彫像のように、微動だにせずにそこにいる。

「……鴻……」

その首にそっと触れる。

脈拍が指に触れた。

生きてはいるようだ。

だが、それだけだった。

何も見えていないだろうし、何も感じていないだろう。ただひっそりと息をして、ここに座っているだけなのだ。

おそらく、時間が経《た》てば回復するだろう。

白い蛇が鴻を見捨てていなければ、時間はかかっても彼は回復するはずだ。

鴻には、たっぷりと時間があるのだ。

「……くそっ……」

だが、大輔にはその時間がなかった。

力もない。

何かをしなければならないと判っているのだが、何をするべきかが判らないのだ。

鴻も、溝口《みぞぐち》もいない。

彼らに頼ることも、相談することもできないのだ。

「……素戔嗚……」

頼れる相手は素戔嗚だけかもしれない。

竜憲と大神も、素戔嗚のもとに向かったはずだ。

今更、大輔が行って、どうなるものでもないだろう。ただの人に成り果てた大輔では、彼らに声をかけることすらできないかもしれない。

それでも、万が一のチャンスを摑《つか》みたい。

「鴻。動けるようになったら、助けてくれ。……俺は素戔嗚に会いに行く。……小田急《おだきゅう》相模原《さがみはら》だ。……あそこに、何かあると思う……」

情けないが、大輔が摑んだ情報はそれだけだった。

「もし、聞こえていた……。覚えていたら……頼む。竜憲を取り戻してくれ……」

彫像のような鴻の前に、きっちりと正座する。

そして、頭を下げた。

「頼みます」

ごくりと唾《つば》を呑《の》み込《こ》み、大きく深呼吸する。

そのまま道場を出た大輔は、弟子たちの動きを無視して、駐車場に向かった。

竜憲の車の前に、黒いスポーツカーが止まっている。

「……これでもいいか……」

大神の車だから、大輔の操縦を受けつけないということはないだろう。

キーがついたままの車に乗り込んだ大輔は、もう一度深呼吸をして、ギアに手を添えた。

2

トレーラーの横転事故だの、タンクローリーの横転炎上事故だの、今日の小田急《おだきゅう》線《せん》沿線は、派手な事故が続いた。

それも、夜までには奇麗《きれい》に片づけられて、車は思いのほかスムーズに、小田急相模原《さがみはら》の駅に到着した。

そのまま、商店街に乗り入れる。

ほとんど人通りのない道に、車のエンジン音がひどく大きく響いた。

ほとんどの店は、シャッターを下ろしている。適当なところで車を止めた大輔《だいすけ》は、ゆっくりとドアを開けた。

何もない。

あの、異様な感覚は何ひとつなかった。

大輔の霊能力がなくなったからか、実際に何もないのか。判断できないのがもどかしい。

少なくとも、昼間に見た時よりは、現在に近いということは、ジュースの自動販売機が教えてくれた。

表示されている値段も、並んでいる茶のパッケージも、現在のものだ。

「くそっ……外したか……」

少なくとも、ここに来れば何か手がかりが得られると思っていた。

素戔嗚《すさのお》が戻ってくるかもしれないと思ったのも事実だ。

突然——。空が明るくなった。

「あ？」

ぱんぱんと、軽い音が立て続けに聞こえる。

「マシンガン？」

日本のほとんどの地域では聞けるはずがない音。

だが、この商店街の一本隣の道路は、米軍のハウスの横を走っているのだ。

見ようと思えば、M16を持った兵士を毎日でも眺めることができた。

「……まさかな……」

下手《へた》な知識がある分、妙なことを考えてしまう。

それでも気になってしまって、ハウスの方向に向かって、足を踏み出した。

途端に、火柱が立つ。

真っ青な光の柱。

「なん……だと……」

竜憲《りょうけん》の色だ。

頭がそう理解した時は、走りだしていた。

狭い路地を駆け抜ける。

鬱蒼《うっそう》とした木々。その手前のフェンス。

道路のこちら側は日本なのに、フェンスの向こうはアメリカだ。

そのアメリカが、蒼《あお》い光に包まれていた。

ちらほらと、住人が家から出てくる。

「なんだぁ？」

「また米軍が何かやってんの？」

「まったく、周りの迷惑なんか、何も考えないんだから」

近所に住む人間にとって、あのフェンスは間違いなく国境だった。

「……まったく人騒がせな……」

「危険なものじゃないだろうな……」

人々はぞろぞろと、家に引き上げ始めた。

どうやら、彼らにはあの蒼い光は見えていないらしい。

「……いったい何が……」

目の前に、大男が現れた。

腕組みして、ハウスのほうを見据えている。

「……妙なものを……」

奇妙に遠い声が聞こえる。

いや、遠いわけではない。

モノラルのテレビから聞こえる音のようだった。

目の前にいるのに、異様なほど厚みがないのだ。

「ここで見ているつもりか？」

男が振り返る。

「……素戔嗚……」

「それもよかろう……」

すっと、素戔嗚が足を踏み出した。

途端に、五メートルほど先に身体《からだ》が移動する。

「素戔嗚！」

駆け寄る。

「何が起こったんだ。いったい何が……」

再び、素戔嗚が足を進める。

「素戔嗚！」

特別な力を使っているわけではないのだ。素戔嗚がいる場所では、米軍ハウスまでの距離が近いということだけらしい。

「……チクショウ……」

自分ひとり取り残されている。

きっと、目の前のアメリカの中に、竜憲はいるだろう。大神《おおみわ》も。そして素戔嗚も今、平然と入っていってしまった。

だが、大輔だけは、絶対に入れない。

フェンスを乗り越えようとすれば、射殺されても文句は言えないのだ。合法的に入る手段も考えられなかった。

不甲斐《ふがい》ない。

「くそ……」

蒼《あお》い光の柱だけが、竜憲の存在を教えてくれている。

それとも、月夜見《つくよみ》の見せる技か。

なんの手出しもせずに、ここで見ているというのか。

どうして、素戔嗚は一人で行ってしまったのだろう。

頭を占めるのは疑問ばかり。どうして、なぜ、が頭を支配して、身体《からだ》をがんじがらめに縛りつける。

情けないほど、無力だ。

何がいけなかったのだろう。

どうして素戔嗚は大輔を見捨てたのだろう。

竜憲を救えなかったからか。それとも、竜憲を捜すことを諦《あきら》めたからか。

もっと可能性が高いのが、竜憲が大輔を見捨てたから、素戔嗚が興味をなくした、ということだ。

何かが悪かったのだろう。

どこかで歯車が狂ってしまったに違いない。

世界は、大輔を取り残して、軋《きし》みをあげて動き始めている。

「何が悪かったんだ……教えてくれ……」

その場で立ち尽くす大輔は、目の前に聳《そび》えるフェンスを眺めていた。

人間を防ぐ結界。

異質なものから中を守ろうとする境界線。外から見れば、内側こそ異質なのだ。

「……学校も同じか？」

――よく考えろ――。

ことの発端は、学校に巣くった無数の雑霊だ。

その帰りに、奇妙な世界と繋《つな》がってしまった。

「餌《えさ》……か？」

竜憲のことだ。母校に異常があるとなったら、何をさておいても、足を向けるに違いない。

――思い出せ。何かを見つけたはずだ――。

何か肝心なことを忘れてしまっている。

罠《わな》かもしれないという考えが、頭を過《よぎ》った。

あれは――。

唇を引き結んだ大輔は、ゆっくりとフェンスに向かって歩き始めた。

3

人間の侵入者にかまっている場合ではないらしい。

ここが基地そのものでないことも、大輔《だいすけ》には幸いした。

いかにここがアメリカでも銃撃戦は、珍しいのだろう。

フェンスの外に立つ家々よりは、明らかに敷地も建物も大きな家は、どの家も扉を閉ざし、外を覗《のぞ》こうとする者はいない。

銃撃の意味を、日本人よりは正確に把握しているだろう人々は、窓に近づくなどという愚行は犯さないようだ。

誰に咎《とが》められることなく、米軍ハウスの敷地の中に入り込んだ大輔は、騒ぎの中心地に向かって足を進めた。

時折、銃の連射音が響く。

問題は、なぜ、ここかということだ。

境界線のある場所など、ほかに幾らでもある。

境界線を結界に置き換えたというだけの理由ではないはずだ。

確かに、ほかの境界よりは、強固なものだろうが、霊的な結界という点ではあまり意味のあることではないだろう。

それなのに、なぜ。

ここである必然がある。

それが判れば、この妙な結界を創《つく》り出《だ》した相手の狙《ねら》いも判るのではないか。

さっきから、そんなことばかり考えている。

見つかれば、確実に捕まるだろうが、そんなことはどうでもよかった。

何か行動していないと、いられない。

できることなど、ほとんどないかもしれないが。

「来たか」

不意に、声がかかる。

誰なのか、確かめなくても判る。

「来たぜ」

隣に、厭《いや》になるほど存在感のある男が立つ。

「手を貸せ。お前の力が必要だ」

思いもかけない言葉に、大輔の身体《からだ》が強張《こわば》った。

フェンスの外で会った時とは、違う。

薄っぺらな影ではない。

ふと、目が合う。

人のものではない、異様な光の宿った瞳《ひとみ》が、真《ま》っ直《す》ぐに覗《のぞ》き込《こ》んでくる。

「いいな」

いいも悪いも、望んでいたことだ。

突然、視界が変化した。

人の視覚が、別のものに変わる。

今まで、ただの木にしか見えなかった場所に、何かがいた。

「素戔嗚《すさのお》が……入った？」

何も感じなかったのに。

だが、見える。

さっきまで騒ぎのするほうに行くくらいしか竜憲《りようけん》を捜す方法はなかったのに、今は、彼の存在をしっかりと感じ取れた。

力を得るということは、こういうことなのだろう。

そのことに感心しながら、どこかで情けなさを感じている自分もいる。

しかし、今はこの力が必要だ。

まずは竜憲のもとに行かなくては。

総《すべ》てはそれからだ。

相変わらず、なぜここなのかという疑問への答えは得られなかった。

日本ではほとんど見かけないタイプの家の間を抜けて、中央の通りに出る。いかにも米軍の施設といった、広い舗装路が、敷地の中央を真っ直《ます》ぐに貫いていた。

「この先か」

足を速める。

誰も大輔を止める者はいない。

その理由はすぐに判った。

一際《ひときわ》大きな建物の前に、武装した兵士が集まっている。

大柄だと自認している大輔が、見上げなければならないような本物の大男が何人も揃《そろ》っていた。

彼らが注視するもの。

それが竜憲だった。

ただ、立っているだけ。

何をするでもなく、ただ、立っている。

ここに何かあるのだろうか。

素戔嗚が苛《いら》ついているのが判る。

竜憲のもとに、いや、戔須良姫《さすらひめ》のもとに行きたいのだ。

しかし、状況が悪い。

銃口に取り囲まれた場所は、生身の人間が踏み込むには危険すぎる。

といって、ここにいてもなんの解決にもならない。

「罠《わな》……なんだろうな。——これも」

学校という結界。

そして、今度は国境というフェンス。

どちらも現世から隔離するための壁だ。

何を隔離するか。

決まっている。

戔須良姫と素戔嗚をだ。

自分が行けば、役者が揃《そろ》う。

衝動に駆られて、ここまで来てしまったが、ここにいることが既に罠に落ちたということだろうか。

「どうする?」

訊《き》いたところで、素戔嗚が教えてくれるはずもない。

ひとつ、判ることがある。
竜憲は待っているのだ。
素戔嗚を。
「遅い」
目の前に、影が立つ。
あいつだ。
「そなたに会わせると言うたからな。約束を違《たが》えるのは厭《いや》なものだ」
道場の時とは違う。
大神の黄金の瞳《ひとみ》は、大輔を真《ま》っ直《す》ぐに見ていた。
それは同時に、今の大輔がただの人間ではないという証拠である。
大輔自身が素戔嗚の存在を感じ取れなくても、彼の目には判るのだ。
姉崎《あねざき》大輔という人間の皮の下に、素戔嗚がいることが。
そして、大輔自身も、最初に見えた時のように、畏《おそ》れは感じなかった。
「帰るがいい。二度と戻るでない」
これは命令だ。
素戔嗚に命じる者。
そんな者が、この世にいるのだろうか。

だが、大輔がその命令を聞くわけにはいかない。

「そなたには闇《やみ》が似合う。……なぜ、現世《うつしよ》にこだわる」

自分の身体《からだ》から、素戔嗚が簡単に抜け出ていくのは、今回のことで判った。

けれど、竜憲に同じことはできないのだ。

以前に聞いた。

竜憲から戔須良姫を引《ひ》き剝《は》がすことはできないと。

「お前に何が判る！」

突然、現れた者に指図されることではない。

かっと、怒りが込み上げる。

首筋の毛が逆立った。

兵士たちの、悲鳴とも罵声《ばせい》ともつかぬ声が響く。

彼らの標的は、大輔に変わっていた。

どう見えているのやら。世界最高水準の人殺しの訓練を受けたはずの人間が向ける銃口が、小刻みに震えている。

「下がれ！」

命じる。

もちろん、上官でもない者の、しかも日本語の命令など聞くわけもない。

どうしてくれよう。

切り伏せるのは簡単だ。竜憲に銃口を向けた報いを、受けさせるべきだろうか。

口元を笑みに歪《ゆが》めた大輔は、一歩足を踏み出した。

と、ずっと音がして、足元が持ち上がった。

何かがいる。

ここが選ばれた理由がこれだ。

「う…わっ……」

大地が割れる。

その中から、土人形が現れた。

小柄な土人形たちは、真《ま》っ直《す》ぐに兵士たちに向かっている。彼らの目標は米兵らしかった。

騒々しい銃声が響き渡る。

ここが、彼らの家族が住む場所でなければ、爆破しようとしたかもしれない。弾丸が逸《そ》れることなど、考えてもいないだろう。

土くれを貫通した弾が、竜憲たちにも襲いかかった。

「愚か者が……」

ふわっと、大神《おおみわ》の身体《からだ》が浮かび上がった。

黄金の光が満ちる。

中空に弾丸が止まっていた。

「わあああ……」

パニックを起こしたのか、兵士の声が上擦《うわず》っている。

「ぎゃあああ」

悲鳴が、響き渡る。

見ると、砕かれた手に、兵士が首を絞め上げられていた。

二メートル近くありそうな大男が、小さな手に首を絞め上げられて、泡を噴いている。

撃ち抜かれ、蹴《け》り崩《くず》された土くれは、再び人の姿を取っていった。

——ざまあみろ——。

襲われて、パニックを起こす米兵を見ても同情する気など欠けらも起こらなかった。

高校の頃つきあっていた女が、米兵の車に引っ張り込まれそうになったことがあるからか。奴らのガキに、自転車で通りすがりに胸を鷲掴《わしづか》みにされて、くっきりと痣《あざ》を付けていたことがあったからか。

ちょっと揶揄《からか》っただけで、銃を突きつけられたダチがいるからか。

どちらにしろ、連中にいい感情など抱いたことはない。

奇麗《きれい》さっぱり忘れていた、高校時代の感情が、今更のように甦《よみがえ》っていた。

こいつらが霊に殺されても、日本政府が見舞金を出させられる破目になるのだろうか。
ぼんやりと、そんなことを考えていた。
竜憲が動くまでは。
「やめろ！　手出しするな！」
大輔が怒鳴る。
だが、竜憲は土くれの前に立《た》ち塞《ふさ》がった。

4

「リョウ！　何をする気だ！」
竜憲《りょうけん》の腕を摑《つか》む。
その瞬間、土人形たちが、意思を持つものに変わった。
『ここはどこだ？』
『帰りたい』
『戻りたい……』
兵士たちが、呻《うめ》く。
土となってまで、まだ意識を保つものたち。
竜憲が聞いている言葉が、そのまま大輔《だいすけ》の頭に流れ込んでいるようだ。
『戻りたい』
『帰りたい』
『戻してくれ』

ひょっとすると、ここには以前は日本軍の関連施設があったのだろうか。兵士たちが帰属意識を持つようなものが、ここに存在していたのだろうか。

家族のもとへ戻ったわけでもなく、死んだ地に縛りつけられていたわけでもなく、ここに戻ってしまった霊たち。

お気楽な高校生は、学校周辺の歴史になど、興味を抱かなかった。

ファミリーレストランの駐車場にいた車に残されていたサブマシンガンが、本物かどうかのほうが、百倍も興味があった。

友人の祖父が戦死しているという話も聞いたし、歳《とし》を喰《く》った親だと、空襲に遭った経験がある者もいるという話も聞いた。

だが、それらには現実味がなかったのだ。

米兵は現実だった。

日本を植民地扱いしているとしか思えない奴らの行動は、かつて戦争があったという歴史より、日本が戦争に負けたという現実を突きつけるものだったのだ。

しかし、目の前の土くれたちは、戦った人々がいると、数えきれぬ人々が想《おも》いを残して死んでいったのだと、教えてくれた。

「連れていけ。お前らの供には似合いだろう」

大神《おおみわ》が笑う。

「連れていってやれ。……これらには弔いの声は届いておらぬ。異国に眠る御霊を、安寧の地に連れていってやれ……」

ハウスを囲むフェンスは、まさしく国境なのだろう。彼らを眠らせなかったのかもしれない。

軍人という意識を持ち続ける者たちが、彼らの眠りを妨げ続けたのだろう。

敵国の軍人が、人の意識がここを国境と定めたために、彷徨《さまよ》い出《で》ることもできなかったのかといって、だ。

「哀れだろう。……眠らせてやれ……。流してやれ……そなたならそれができる。だからこそ根の国の神であろう。——行け！」

大神が命じる。

兵士たちの魂とともに黄泉《よみ》に行けと、命じているのだ。

夜空に、あるはずのない満月が浮かび上がり、あたりを白々と照らし出している。

その中で、土くれは蠢《うごめ》き続《つづ》けていた。

「……リョウ。流してやれるか？」

「判らない……」

ともに行くのなら、簡単だろう。

だが、彼らだけを流すのは、難しいのかもしれない。

あまりにも長い間、彷徨《さまよ》い出《で》ることも、慰められることもなく、この地に封じられていた彼らには、執念しか残っていなかった。

「流せないか？」

そうかもしれない。

誰も、彼らがここに残っていると、知らなかったのだ。

一輪の手向けの花も、鎮魂の思いも、弔いの鐘も、一滴の涙さえ、彼らは受け取っていない。

「やってみろよ……」

「うん……」

竜憲が目を閉じる。

その身体《からだ》から、蒼《あお》い光が溢《あふ》れ出《だ》した。

途端。

獣じみた喚《わめ》き声《ごえ》が聞こえた。

金髪を短く刈り上げた大男が、そばかすの浮く顔を真っ赤にして、飛びかかってくる。

「悪魔め！　この化け物め！」

喚いているのは、日本語ではないはずだ。

だが、霊魂たちの言葉が聞こえるように、正気を失った男の言葉が聞き取れた。

ぬらぬらと光るナイフが、振り下ろされる。

反射的に、腕を振り上げた大輔は、深々と突き刺さったナイフを、奇妙な思いで眺めていた。

痛みはない。

血の一滴も出ない。

「うわぁぁぁぁ！」

それが、最後の引き金を引いたのだろう。

サブマシンガンが、悲鳴をあげる。

「ぎゃあああ」

仲間がそこにいるということなど見えていないのだ。

ただ、悪魔を撃てと。

その思いしかなかったに違いない。

血飛沫《ちしぶき》を上げて倒れる米兵。

衝撃で何度も跳ね上がり、ボロ布のように崩れていく肉体。

なんの感慨もなく、大輔はそれを眺めていた。

「そなたらが現世《うつしよ》に留《とど》まれば、それだけ血が流れる。あるべきところに戻るがよい」

肌の上をサブマシンガンの弾が転がり落ちていく。

なんの衝撃も、熱も感じない。

竜憲も、大神も同じだった。

喚《わめ》き散《ち》らす米兵には、彼らはまさしく悪魔に見えているだろう。

「悪魔め！　悪魔め！」

「彼らの平穏を乱すまでもあるまい？　戻れ……。そなたらの寝床に戻るがよい……」

「何が目的だ？　こんなところまで引っ張ってきやがって……。えらく手が込んでるよな。どうしてここでなければならないんだ？　こいつらを操るのが目的なの……」

ずるっと足元が滑った。

「なん……だと？」

米兵の血を吸った土が、大輔の足を捕らえている。

「戻られるがよい。そなたらの世界へ」

がっしりとした腕が、足に巻き付き、引きずり込もうとする。

「こいつ……ら……」

「淺須良姫《さすらひめ》。それを連れて戻られなさい」

「リョウ！」

ずるずると、身体《からだ》が埋もれていく。

「……月夜見尊《つくよみのみこと》。月を惑わせてまで、我らを追い払いたいのか？」

ぽつりと、竜憲が呟《つぶや》いた。

「地の底に眠る霊を引きずり出し、狂気を操り……」

髪の毛が逆立つ。

腰まで大地に埋もれたまま、大輔はその姿を見上げていた。

うっとりとするほど美しい。

しなやかな身体《からだ》は、月光を浴びて透明に輝いていた。

「謀《たばか》るな！」

竜憲の声が、空気を震わせた。

5

大地がのたうつ。

竜憲《りようけん》を、大輔《だいすけ》を捕らえようとして、血の臭《にお》いがする大地が、巨大な蛇となって、二人に襲いかかってきた。

何万匹もの蛇が絡《から》み合《あ》い、蠢《うごめ》く上を、真っ赤な球体が転がっていた。

仲間に撃ち抜かれ、ボロ布となった身体《からだ》から外れた頭が、ごろごろと転がっていた。

かっと目を見開き、驚愕《きようがく》に歪《ゆが》んだ表情を貼《は》り付《つ》けたまま。

胸まで大地に呑《の》み込《こ》まれた竜憲は、その首に手を伸ばした。

哀れだった。

母国から遠く離れた地で、彼らの与《あずか》り知《し》らぬ神々の争いに巻き込まれて、命を落とすことになった若者が、哀れでならなかった。

彼の信じる神のもとに送るには、仲間に返してやるしかない。

そろりと、その頭を米兵たちに向けて転がす。

ない。


「うわぁぁぁぁ‼」

激しい銃撃が、頭を打ち砕いた。

銃弾がうねる大地に突き刺さり、ますます強く締め上げてくる。

恐怖に支配された彼らは、仲間の死体を見分けることもできなくなっているのかもしれない。

ぎりぎりと締め上げてくる大地。

「くそ！　こいつら！」

大輔が、この締め付けから逃れようと、必死で身体《からだ》を動かしていた。

と、いきなり竜憲は吐き出された。

一瞬宙を舞い、硬い大地に転がった竜憲は、目を見開いた。

大地から、土が螺旋《らせんじょう》状に立ち上がっていた。

「大輔！」

大輔も吐き出されたのだろう。土の螺旋の向こう側で、ゆっくりと立ち上がる姿があった。

「このままでは、一帯が呑《の》み込《こ》まれるぞ。いいのか？」

ふわふわと宙に浮いた男が、竜憲たちを見下ろしていた。

黄金の瞳《ひとみ》を持つ、闇《やみ》の目の男。

「謀《たばか》るな！」

大地を操り、黄泉《よみ》への扉を無理に開こうとしたのだろう。

そのために、土に溶けようとしていた霊を、無理やり引きずり出したのだ。

腹の底から、怒りが湧《わ》いていた。

手足が冷たくなり、腹だけが熱くなる。

「切り捨てろ！　大輔！」

叫ぶ。

その瞬間、土の螺旋《らせん》は、断ち切られた。

四散するはずだ。

土に戻ろうとしていたものどもが、素戔嗚《すさのお》の力を浴びたのだから。

だが、土はそのまま伸び上がり、大神《おおみわ》に向かっていった。

意志を持っているように、真《ま》っ直《す》ぐに進む。

「なんだと！」

寸前で、身を躱《かわ》した大神は、土を睨《にら》みつけていた。

「思惑どおりにはいかぬものよ」

大輔が、いや、素戔嗚が皮肉げに顔を歪《ゆが》めている。

「そなたの不始末だ。己で始末しろ！」

高らかに宣言した大輔は、鎌首《かまくび》を擡《もた》げて、ゆらゆらと揺れている土を無視して、竜憲に歩み寄ってきた。

「大輔……素戔嗚。駄目だ……。無茶だ……」

「何がだ」

「被害が広がる」

「それがどうした」

「駄目だ！」

大輔の手から、剣をもぎ取った。

取れたことに、驚く。

だが、それも一瞬だ。

剣を握り直した竜憲は、土の螺旋《らせん》に身体《からだ》ごとぶつかるようにして、剣を突き込んだ。

びりびりとした振動が伝わってくる。

硬い、冷たい、熱い、もの。

跳ね回り、砕く――銃弾。

なぜ、仲間が銃を向けるのか。

なぜ、帰るべき場所がなくなったのか。

不条理。

あってはならないこと。

自分の信じるものが根底から崩される衝撃。

兵士たちを結びつけたのは、そんな感情だった。

「眠れ！　ここにいてはいけない。帰るべきところはほかにある。戻れるから……眠るべき場所は別にあるから……」

彼らがそれぞれ求めている魂の寝床。

そこに、向かってほしい。

素戔嗚の剣は、竜憲のそんな思いを、伝えてくれるはずだ。

「あ……悪魔あぁぁ!!」

絶叫が聞こえる。

「悪魔だ！」

「悪魔がいるぞぉぉ！」

弾が切れたのだろう。

それでもまだ、兵士たちは銃を撃ち続けている。

その行為が、異質なものを排除しようという強固な意志が、竜憲を通り抜けて、土くれに突き刺さる。

ぐずぐずと、土の螺旋《らせん》が崩れていく。

「……終わったのか？」

訝《いぶか》しげに大輔が問う。

「……判らない」

流せたわけではない。

眠るべき場所がほかにあるとは教えたが、それだけですむはずがないと、今までの経験が教えていた。

だが、彼らは消えてしまったのだ。

きっと顔を上げた大輔は、大神を捜していた。

「あいつらはどこへ行ったんだ！」

「……どこへも……」

漆黒の中に、黄金の瞳《ひとみ》。

夜空に浮かぶ月のような目が、ゆっくりと瞬《まばた》きする。

と、その背後の月が、ぐずぐずと崩れていった。

中心の月がない月虹《げっこう》。

ちょうどそんなふうに。

「このまま捨てておいていいのか！」

「今、ここに……」

ふっと、笑う。

「ぎゃあああぁ」

「うわあぁぁ！」

悲鳴があがる。

ばっと振り向いた竜憲は、その場で凍りついた。

大地から、無数の銃弾が吐き出されている。

彼らが放った分だけの弾が、そのまま戻されているのだ。

「リョウ……」

「判っている……」

一歩も動けなかった。

一瞬で、彼らは総《すべ》ての銃弾を戻されたのだ。

それで、終わりだった。

大地に残っていた僅《わず》かな意志が、ゆっくりと消えていく。

ふわりと大地に降り立った大神は、竜憲を正面から見詰めた。

「なぜ、現世《うつしよ》に留《とど》まるのだ？」

答えを求めてはいなかったのだろう。

くるりと踵《きびす》を返した大神は、フェンスに向かって歩いていった。

金属の網は、歪《ゆが》みも切れもしないのに、大神の身体《からだ》を通す。

「……行こう」

今なら、後に続けるだろう。

深い溜《た》め息《いき》を吐《つ》いた竜憲は、大神に続いた。

終章

あった。

路上には、白いチョークで数字が書き込まれ、細々と文字の書かれた紙片が貼《は》り付《つ》けてあった。

「悪い……」

「いいですけど……参ったな」

大神《おおみわ》は苦笑を浮かべて、頭を掻《か》いた。

憑《つ》きものが落ちた、と言うのが正しいのだろう。

フェンスの外に出た途端、大神は元に戻っていた。

身に纏《まと》っていた威圧感も、高圧的な態度も、すっかり消えている。

紙片に書かれた電話番号に連絡を入れる大神を眺めながら、大輔《だいすけ》はキツネにつままれたような気分を味わっていた。

この男は、今はただの人間だ。大輔の中にいる素戔嗚《すさのお》も、なんの反応も示さない。

「僕……何しました？」

電話を終えた大神が、真顔で訊《き》いてきた。

「え？」

「鴻《おおとり》さんに会ってからの記憶がないんですよ。こんなところにいるからには、何かしたんでしょう？」

落ち着いてはいたが、不安はあるらしい。

「本当に何も覚えてない？」

「残念ながら……。何かとんでもないことしませんでした？　なんか、不安で」

そう言いながら、あくまでも落ち着いているところが、大輔には承服できなかったが、竜憲《りょうけん》はそうではないらしい。

「大したことは……」

訝《いぶか》しげに、竜憲を見遣《みや》った大神は、続いて大輔に目を向けた。

鴻とそっくりな顔が、困ったようにこちらを見ている。

自覚がある上で、恐慌状態に陥らないあたり、何かの予備知識はあるということかもしれない。

「鴻とあんた……どういう関係なんだ？」

唐突だとは思ったが、訊《き》かねばならないことだった。今訊かねば、後では訊きにくい。

「従兄《いとこ》です。……鴻さんはウチのオヤジの姉さんの子供。かなり歳《とし》が離れてますけどね」

「なんで、今更会う気になったんだ？　正月に来た時は、知らん顔してただろ？」

疲れているのか、竜憲は二人のやりとりに口を挟まない。そのくせ、何か言いたげに、大輔を見詰めていた。

なんとはなしに居心地が悪くて、つい、大神と話し込んでしまう。

知ってか知らずか、大神も大輔の問いに素直に答えてくれる。

「まぁ、なんとなく……。祖母が口癖のように言っていたんですよ。絶対従兄《いとこ》には会ってはいけないって、死ぬ時まで念を押したんですから。気になるでしょう、そういうの。従兄に会ったら、細《ささ》やかながらある力が取られてしまうとか、そんなことを考えてたんですけど、何か違ったみたいですね」

なるほど、何かが、これか。

突然饒舌《じょうぜつ》になった大神を胡乱《うろん》に眺めながら、大輔は次には何を訊《き》こうかと考えあぐねていた。

きっと、この調子では、自分に何が取《と》り憑《つ》いていたかも判らないのだろう。

「鴻が元に戻ったら、訊いといてやるよ。……誰も、何があったか知らないんだ」

「そうなんですか」

不安だと言いながら、あっさりとしたものだ。

「俺もリョウも見てないし……」

大輔の言葉に、大神は首を傾《かし》げた。

「鴻さん、大丈夫ですか？　僕が何かしたんなら、申し訳ないな」

「まあ、大丈夫だろ。死んじゃいなかったから……」

自分でもずいぶんな科白《せりふ》だと思いながら、つい本音が口を突いて出た。

「大輔」

竜憲が不機嫌な声で窘《たしな》める。

と、唐突に、大神が呟《つぶや》いた。

「やっぱり会わないほうがよかったんでしょうね」

今更、何を言い出すかと思えば。

もう、遅い。

どういう経緯かは、それこそ、鴻に訊《き》かねば判らないが、この男は自分たちと同じ立場になった。

この男の中には、あの月の神の居場所がある。いや、本当に月の神かどうかは、確かめようもなかったが、多分それに近いものであることは確かだ。

面白いのは、それが今はいないということだ。

不思議なのは、それだけではない。今度のことといい、絶対に大神という男は敵だと思うのだが、どうしても、明確な敵意を抱くことができなかった。

なんと言えばいいのか、とてもニュートラルな人間に思えるのだ。

「お詫《わ》びにお送りしますっていうところなんですけど……アシがなくっちゃね」

大神が、竜憲に向かってひょいと首を竦《すく》めてみせる。

「どうします？　お宅に電話しますか？」

携帯電話を差し出される。

それに大輔が手を伸ばすと、竜憲が口を開いた。

「でも……大神さんの車持ち出したの、大輔なんでしょ？」

困ったような顔で、大神が頷《うなず》く。

「だったら、一緒に取りに行かないと……」

「え？　俺？」

狼狽《うろた》える大輔の手から、竜憲は携帯を取り上げた。

「まぁ、僕の車ですから……これは、一つ貸しってことで……」

あっさりと、竜憲の申し出を辞退した大神に、竜憲は彼の携帯を返した。

「やっぱりまずいですよ」

「いや、どうせ、今日も休みだし……いいです」

言いながら、大神は商店街を駅に向かって歩きだす。

慌てて、追おうとする竜憲を、大輔は腕を摑《つか》んで引き止めた。

「いいから……」

「大輔！」

「今日は甘えとけ。……半分はあいつのせいなんだから」

「なんでさ。……あんたが大神さんの車乗ってきたんだろ？」

どうもおかしい。

あれだけ目の前で人が死んで、こんなふうに普通にしていられる竜憲ではない。

もしかして、覚えていないのだろうか。

そうならば、そのほうがいいだろう。

だから、大輔は、極力今の現実にだけ、目を向けた。

「そりゃ、あいつがお前を掻《か》っ攫《さら》っていったからだろうが。……あいつが悪いんだよ」

「無茶言うなよ」

竜憲は、まだ大神を追うことを諦《あきら》めていないらしい。

手を放したら、走りだしそうだ。

「ダメだ！　やめとけ。まだ、あいつの正体だつて、はっきり判ってないんだ。今日はもう関《かか》わるな」

大輔の剣幕に、竜憲はようやく諦めたらしい。

肩を竦《すく》めると、大輔に向き直った。

「べつに攫われたわけじゃないよ」

「なんだと⁉　お前を道場から連れ出したのはあいつだろう？　まさか、覚えてないのか？」

「もちろん、覚えてるよ。でも、攫われたんじゃない。自分で付いてったんだ」

「馬鹿な‼」

「馬鹿は、あんた。……こんなところで、喚《わめ》くなよ。みっともない」

呆《あき》れ顔《がお》で呟《つぶや》いた竜憲は、ゆっくりと歩き始めた。

大神を追いかけるためではないことは、足取りからも確かだ。

仕方なく、大輔もそれに従った。

「あんたが、行ってもいいって言ったんじゃないか」

「は？」

大輔には、竜憲の言いたいことが微塵《みじん》も理解できなかった。

「月夜見《つくよみ》が言ったろ、女を連れてこいって。そしたら、あんた承知したじゃないか」

「なんだそれ？」

「覚えてないの？」

「知らん」

きっぱりと断言してやると、竜憲は怪訝《けげん》な顔で大輔を見上げてくる。

「おれから爰須良姫《さすらひめ》が出ていけないんだ。……それなのに、ほかの器なんて……。それってておれが消えてもいいってことじゃんか。――あんたから素戔嗚は抜けちゃってるし、だったら、帰ってもいいかなぁなんて……」

「おい……」

力が抜ける。

なんとなく、理解できた。

竜憲が帰ると決めた時点で、彼は彼でなくなったのだ。それなら、あの日本の中の外国で起こったことは、生涯秘密にしておこう。そのほうがいい。

「俺のせいだって言うのか⁉」

馬鹿ばかしいと思いながら、反論を続ける。

「かな」

「やめてくれ。俺は……」

頭が混乱する。

竜憲が記憶の一部をなくしているように、自分の記憶もどこかに欠落があるらしい。

神懸《かみが》かった大神に何かを命じられたのは覚えている。

しかし、意味など考えていなかったし、ただ、威圧感に気圧《けお》されていたことしか覚えていない。

「神様にビビってる人間の言うことなんて、本気にするなよ。化け物に脅《おど》されたら、なんでもウンて言うもんだろ？」

これ以上ないほど情けない告白に、竜憲は目を見開いた。

やがて、けらけらと笑いだす。

「なんだよ」

「ビビってるあんたってのを、ちゃんと見とけばよかったと思って……」

「なんだ、そりゃ」

「ま、いっか。……さっさと帰ろう。——鴻さんのことも気になるし」

大輔の背中が軽く叩《たた》かれる。

「しかし、帰るって……」

「電車で帰ろう。……なんか人ごみの中にいたい感じ……」

どうやら、貸しは大神だけでなく、竜憲にも作ってしまったらしい。

楽しげに告げる竜憲を眺め下ろし、大輔は密《ひそ》かに息を吐いた。

あとがき

変な話を書いてしまったかも……変というよりは……やっぱ変か……。

きっと、大抵の人が、いったい誰これ、と思ってただろう大神《おおみわ》くんを、ちょっとクローズアップしてみたんだけどね。

いや、まぁ、その——新田一実《にったかずみ》です。

実はCSのチューナーがようやく二衛星対応のもんに替わったもんで、かなりご機嫌。チューナーが新しい物になった裏には諸々《もろもろ》の事情があるけど、それを喋《しゃべ》ってっと偉い頁《ページ》を喰《く》いそうなんで、取《と》り敢《あ》えず置いといて……おかげで地上波をほとんど見なくなっちまいましたがね。

ホントに面白いネタも目新しいネタもなくって。

なんなんでしょうね。

〝趣味の園芸〟は結構真剣にやってんだけどな。

来年あたりは、アスパラガスが収穫できるかな、とか。今年咲かせたチューリップはかなり可愛《かわい》かったから、来年も、もいっかい植えようかな、とか。道端で種を集めてきた庭《にわ》石菖《ぜきしょう》はいずれはグラウンドカバーになるかなー、とか。

極めつきはブライダルベール。春先に庭に出して剪定《せんてい》したんだけど、刈り込んで下に落ちた枝が、なぜか根付いてしまった。これが冬を越せるかどうかは知らないけどさ。取《と》り敢《あ》えず、夏の間は元気に育つんじゃないかな、なんて。

いや、マジに立派に育てよー、が最近の趣味みたい。猫の餌《えさ》買いに行くと、つい、園芸店の店先で品定めしてるしね。ペット飼育と園芸は、やっぱり同一線上にあるのね。

そういえば、種から育てた藤《ふじ》は、十年くらいしないと花が咲かないっていう、ショッキングなネタを仕入れたな。

楽しみにしてるかもしれないリョウちゃん……可哀想《かわいそう》に。満開の藤棚の下で酒盛りができるのは、十年以上先でっせ。

ウチの藤はようやく棚にまで枝が伸びて、今年はかなり立派な棚になったけどね。種から芽が出たほうは、ようやく三十センチてとこかな。

あ、目新しいネタはもう一つあった。

ワタシ、今までワゴンでもトラックでも、大抵の車は運転したことがあるんだけど、軽トラだけは動かしたことがなかったのだよ。それが、ついこの間、初めて運転してしまった。乗用車タイプの軽ブーブーとも、一味違って、あの車……何かこわーい。

ディスカウントショップで、ウチの車に乗らないような大物を買って、仕方なく荷物運びに借りたんだけど。なんか、飛んでっちゃいそうなんだよね。こわー。

よく考えたら、なんで里見《さとみ》に運転させなかったんだろ。昔は仕事で乗ってたはずなのに。

何か、当然のように、あんた車借りてきなさいと言われて、ついそうしてしまった。習慣て怖いわ。

あ、さらにもう一つ。

里見さんがつい昨日から、新しい趣味を見つけて塡《は》まってる。

例のチョコ◯ッグの余ったヤツに、百円ショップで買ってきたアクリル絵の具でペイントするという、安上がりなのか、実は無駄遣いの究極か判らないことを始めたんだよね。

ペットシリーズでいっぱい引き当てた猫に、ウチの猫の柄《がら》を書き直すってのなんだけど、これが、できあがると、結構ラブリー。どうせ、すぐに終わっちゃう趣味だろうけどさ。なんせ、ウチの猫に限りがあるうえに、半分は真っ白だ。

いや、このまま、ドールハウス造りに趣味が発展しないことを祈るばかり……。ミニチュア好きだからなぁ。

マジに書くことなくなってきたよ。

ちなみに、ディスカウントショップで買った大物とは、猫の脱走避《だっそうよ》けのアイテム。ただのラティスなんだけどさ。猫が潜《くぐ》り抜《ぬ》けられないサイズの目のヤツを網戸のところに取り付けるんだな。

これくらいしないと窓も開けられない。網戸破って脱走するもんな。

猫を室内飼いしてる皆様、どうやって脱走を防いでます？

いい案があったら、是非教えていただきたい。あ、安上がりでないと駄目だけどね。

て、毎度のことながら、ナニを書いてるんだか。

これに懲《こ》りずに、これからもおつきあいください。

では……また。

新田《にった》一実《かずみ》

新田一実先生の『月虹が招く夜』、いかがでしたか？
新田一実先生、イラストの笠井あゆみ先生への、みなさまのお便りをお待ちしております。
新田一実先生へのファンレターのあて先
〒112-8001 東京都文京区音羽2-12-21 講談社 X文庫「新田一実先生」係
笠井あゆみ先生へのファンレターのあて先
〒112-8001 東京都文京区音羽2-12-21 講談社 X文庫「笠井あゆみ先生」係

N.D.C.913　258p　15cm

新田一実（にった・かずみ）
里見敦子《さとみあつこ》・後藤恵理子《ごとうえりこ》の二人がかりのペンネーム。双方ともに〝復讐ノート〟のA型。
ドライブやファミコンなど多趣味。最近は、
コンサート・フリーク。
著書に〝霊感探偵倶楽部〟シリーズ12作と
〝新・霊感探偵倶楽部〟シリーズ12作。そして、
〝真〟シリーズも11作目になる。

講談社X文庫

white heart

月虹《げっこう》が招《まね》く夜《よる》 真《しん》・霊感探偵倶楽部《れいかんたんていくらぶ》

新田一実《にったかずみ》

●

2001年7月5日　第1刷発行

定価はカバーに表示してあります。
発行者——野間佐和子
発行所——株式会社　講談社
東京都文京区音羽2-12-21　〒112-8001
電話　編集部　03-5395-3507
販売部　03-5395-3626
業務部　03-5395-3615
本文印刷—豊国印刷株式会社
製本———株式会社上島製本所
カバー印刷—半七写真印刷工業株式会社
デザイン—山口　馨

ISBN4-06-255560-3　（X庫）

講談社X文庫ホワイトハート・FT&NEO伝奇小説シリーズ

法廷士グラウベン　彩穂ひかる
第6回ホワイトハート大賞《期待賞》受賞作!!（絵・丹野　忍）

消えた王太子　法廷士グラウベン　彩穂ひかる
ジャンヌ・ダルクと決闘！　危うし法廷士!!（絵・丹野　忍）

瑠璃色ガーディアン　魔都夢幻草紙　池上　颯
キッチュ！　痛快！　ハイパー活劇登場!!（絵・青樹　總）

☆ヴァーミリオンの盟約　魔都夢幻草紙　池上　颯
怪異・魔事から江戸を守るハイパー活劇！（絵・青樹　總）

降魔美少年　岡野麻里安
光と闇のサイキック・アクション・ロマン開幕!!（絵・藤崎一也）

青の十字架　降魔美少年2　岡野麻里安
謎の美少年が咲也を狙う理由とは…!?（絵・藤崎一也）

海の迷宮《ラビリンス》　降魔美少年3　岡野麻里安
咲也をめぐり運命の歯車が再び回る!!（絵・藤崎一也）

カインの末裔　降魔美少年4　岡野麻里安
光と闇のサイキック・ロマン第四幕！（絵・藤崎一也）

審判の門　降魔美少年5　岡野麻里安
最後の死闘に挑む咲也と亮の運命は!?（絵・藤崎一也）

蘭の契り　岡野麻里安
妖《あやかし》と縛魔師の戦いに巻き込まれた光は……!?（絵・麻々原絵里依）

龍神の珠　蘭の契り2　岡野麻里安
光は縛魔師修行のため箱根の山中へ……。（絵・麻々原絵里依）

銀色の妖狐　蘭の契り3　岡野麻里安
光と千晶。命を賭した最終決戦の幕が上がる。（絵・麻々原絵里依）

桜を手折るもの　岡野麻里安
〈桜守〉vs.魔族――スペクタクル・バトル開幕！（絵・高群　保）

闇の褥《しとね》　桜を手折るもの　岡野麻里安
見る者を不幸にする、真夏に咲く桜の怪！（絵・高群　保）

石像はささやく　小沢　淳
石像に埋もれた街で、リューとエリーは!?（絵・中川勝海）

月の影　影の海上　十二国記　小野不由美
海に映る月の影に飛びこみ抜け出た異界！（絵・山田章博）

月の影　影の海下　十二国記　小野不由美
私の故国は異界《ここ》――陽子の新たなる旅立ち！（絵・山田章博）

風の海　迷宮の岸上　十二国記　小野不由美
王を選ぶ日が来た――幼き神の獣の逡巡！（絵・山田章博）

風の海　迷宮の岸下　十二国記　小野不由美
幼き神獣――麒麟《きりん》の決断は過《あやま》ちだったのか!?（絵・山田章博）

東の海神《わだつみ》　西の滄海　十二国記　小野不由美
海のむこうに、幸福の国はあるのだろうか!?（絵・山田章博）

☆……今月の新刊

講談社X文庫ホワイトハート・FT&NEO伝奇小説シリーズ

傀儡自鳴　鷹野祐希
菜樹は宇津保のあるべき姿を模索し始める。（絵・九後　虎）

傀儡解放　鷹野祐希
ノンストップ伝奇ファンタジー、堂々完結！（絵・九後　虎）

セレーネ・セイレーン　とみなが貴和
第5回ホワイトハート大賞《佳作》受賞作!!（絵・楠本祐子）

EDGE《エッジ》　とみなが貴和
私には犯人が見える…天才心理捜査官《プロファイラー》登場！（絵・沖本秀子）

EDGE2 ～三月の誘拐者～　とみなが貴和
天才犯罪心理捜査官が幼女誘拐犯を追う！（絵・沖本秀子）

EDGE3 ～毒の夏～　とみなが貴和
都会に撒かれる毒。姿の見えない相手に錬摩は!?（絵・沖本秀子）

銀闇を抱く娘　鎌倉幻譜　中森ねむる
少女が消えた！　鎌倉を震撼させる真相は!?（絵・高橋　明）

冥《くら》き迷いの森　鎌倉幻譜　中森ねむる
人と獣の壮絶な伝奇ファンタジー第2弾！（絵・高橋　明）

果てなき夜の終わり　鎌倉幻譜　中森ねむる
翠と漆黒の獣とを結ぶ真相が明かされる!?（絵・高橋　明）

半妖の電夢国　電影戦線1　流　星香
電脳世界のアクション・アドベンチャー開幕!!（絵・片山　愁）

思慕回廊の幻　電影戦線2　流　星香
電夢界の歯車が、再び回りはじめる!!（絵・片山　愁）

優艶の妖鬼姫　電影戦線3　流　星香
新たな魔我珠は、入手できるのか…!?（絵・片山　愁）

うたかたの魔郷　電影戦線4　流　星香
姫夜叉を追う一行の前に新たな試練が!!（絵・片山　愁）

月虹の護法神　電影戦線5　流　星香
少年たちの電脳アクション、怒濤の第5弾！（絵・片山　愁）

魔界門の羅刹　電影戦線6　流　星香
少年たちの電脳アドベンチャー衝撃の最終巻。（絵・片山　愁）

電影戦線スピリッツ　流　星香
新たなサイバースペースに殴り込みだ！（絵・片山　愁）

ゴー・ウエスト　天竺漫遊記1　流　星香
伝説世界を駆ける中国風冒険活劇開幕!!（絵・北山真理）

スーパー・モンキー　天竺漫遊記2　流　星香
三蔵法師一行、妖怪大王・金角銀角と対決!!（絵・北山真理）

モンキー・マジック　天竺漫遊記3　流　星香
中国風冒険活劇第3弾。孫悟空奮戦す！（絵・北山真理）

ホーリー&ブライト　天竺漫遊記4　流　星香
えっ、三蔵が懐妊!?　中国風冒険活劇第四幕。（絵・北山真理）

☆……今月の新刊

講談社X文庫ホワイトハート・FT&NEO伝奇小説シリーズ

天命の邂逅　女戦士エフェラ&ジリオラ7　ひかわ玲子
双子星として生まれた二人に、別離のときが!?（絵・米田仁士）

星の行方　女戦士エフェラ&ジリオラ8　ひかわ玲子
感動のシリーズ完結編！　改題・加筆で登場。（絵・米田仁士）

グラヴィスの封印　真ハラーマ戦記1　ひかわ玲子
ムアール辺境の地に怪事件が巻き起こる!!（絵・由羅カイリ）

黒銀の月乙女　真ハラーマ戦記2　ひかわ玲子
帝都の祝祭から戻った二人に新たな災厄が!?（絵・由羅カイリ）

漆黒の美神　真ハラーマ戦記3　ひかわ玲子
〈闇〉に取り込まれたルファーンたちに光は!?（絵・由羅カイリ）

青い髪のシリーン上　ひかわ玲子
狂王に捕らわれたシリーン少年の運命は!?（絵・有栖川るい）

青い髪のシリーン下　ひかわ玲子
シリーンは、母との再会が果たせるのか!?（絵・有栖川るい）

暁の娘アリエラ上　ひかわ玲子
〝エフェラ&ジリオラ〟シリーズ新章突入！（絵・ほたか乱）

暁の娘アリエラ下　ひかわ玲子
ベレム城にさらわれたアリエラに心境の変化が!?（絵・ほたか乱）

人買奇談　椹野道流《ふしのみちる》
話題のネオ・オカルト・ノヴェル開幕!!（絵・あかま日砂紀）

泣赤子奇談　椹野道流
姿の見えぬ赤ん坊の泣き声は、何の意味!?（絵・あかま日砂紀）

八咫烏《やたがらす》奇談　椹野道流
黒い鳥の狂い羽ばたく、忌まわしき夜。（絵・あかま日砂紀）

倫敦《ロンドン》奇談　椹野道流
美代子に請われ、倫敦を訪れた天本と敏生《としき》は!?（絵・あかま日砂紀）

幻月奇談　椹野道流
あの人は死んだ。最後まで私を拒んで。（絵・あかま日砂紀）

龍泉奇談　椹野道流
伝説の地・遠野でシリーズ最大の敵、登場！（絵・あかま日砂紀）

土蜘蛛奇談上　椹野道流
少女の夢の中、天本と敏生のたどりつく先は!?（絵・あかま日砂紀）

土蜘蛛奇談下　椹野道流
安倍晴明は天本なのか。いま彼はどこに!?（絵・あかま日砂紀）

景清奇談　椹野道流
絵に潜む妖《あやか》し。女の死が怪現象の始まりだった。（絵・あかま日砂紀）

忘恋奇談　椹野道流
天本が敏生に打ち明けた苦い過去とは……。（絵・あかま日砂紀）

遠日奇談　椹野道流
初の短編集。天本と龍村の出会いが明らかに！（絵・あかま日砂紀）

☆……今月の新刊

講談社X文庫ホワイトハート・FT&NEO伝奇小説シリーズ

蔦蔓《つたかずら》奇談　椹野道流
闇を切り裂くネオ・オカルトノベル最新刊！（絵・あかま日砂紀）

童子切奇談　椹野道流
京都の街にあの男が出現！　天本、敏生は奔る！（絵・あかま日砂紀）

☆雨衣奇談　椹野道流
奇跡をありがとう――天本、敏生ベトナムへ！（絵・あかま日砂紀）

龍猫―ホンコン・シティ・キャット―　星野ケイ
友情、野望、愛憎渦巻く香港《まち》で新シリーズ開幕！（絵・夏賀久美子）

聖誕風雲―血のクリスマス―　星野ケイ
死体から血を抜きとったのはファラオの仕業!?（絵・夏賀久美子）

城市幻影―愛しのナイトメア―　星野ケイ
人間の肉体を乗っ取るウイルスの正体は…!?（絵・夏賀久美子）

烈火情縁―愛と裏切りの挽歌―　星野ケイ
いま、香港の街が〝死人〟に侵されていく！（絵・夏賀久美子）

非常遊戯―デッド・エンド―　星野ケイ
刑事とバンパイアの香港ポリス・ファンタジー完結編！（絵・夏賀久美子）

堕落天使　星野ケイ
人間vs.天使の壮絶バトル!!　新シリーズ開幕。（絵・二越としみ）

天使降臨　星野ケイ
君は、僕のために空から降りてきた天使！（絵・二越としみ）

天使飛翔　星野ケイ
天使の生態研究のため、ユウが捕獲された!?（絵・二越としみ）

爆烈天使　星野ケイ
JJ、なぜそんなに、俺を避けるんだ……!?（絵・二越としみ）

天使昇天　星野ケイ
達也たち四人の行く手には別れが!?　完結編。（絵・二越としみ）

斎姫《いつきひめ》異聞《いぶん》　宮乃崎桜子
第5回ホワイトハート大賞《大賞》受賞作!!（絵・浅見　侑）

月光真珠　斎姫異聞　宮乃崎桜子
闇の都大路に現れた姫宮そっくりの者とは!?（絵・浅見　侑）

六花風舞《りっかかざにまう》　斎姫異聞　宮乃崎桜子
〈神の子〉と崇められ女たちを喰う魔物出現。（絵・浅見　侑）

夢幻調伏《むげんちょうぶく》　斎姫異聞　宮乃崎桜子
夢魔の見せる悪夢に引き裂かれる宮と義明《よしあきら》。（絵・浅見　侑）

満天星降《まんてんにほしのふる》　斎姫異聞　宮乃崎桜子
式神たちの叛乱に困惑する宮に亡者の群れが。（絵・浅見　侑）

暁闇新皇《あかときやみのしんのう》　斎姫異聞　宮乃崎桜子
将門の怨霊復活に、震撼する都に宮たちは!?（絵・浅見　侑）

燐火鎮魂《りんかたましずめ》　斎姫異聞　宮乃崎桜子
恋多き和泉式部に取り憑いたのは……妖狐!?（絵・浅見　侑）

☆……今月の新刊

講談社X文庫ホワイトハート・FT&NEO伝奇小説シリーズ

諒闇《りょうあん》無明《むみょう》 斎姫異聞　宮乃崎桜子
内裏の結界を破って、性空上人の霊が現れた。（絵・浅見　侑）

陽炎羽交《かげろうにはねをかわす》 斎姫異聞　宮乃崎桜子
義明に離別を言い渡した宮。その波紋は…⁉（絵・浅見　侑）

花衣《はなのえ》花戦《はないくさ》 斎姫異聞　宮乃崎桜子
中宮彰子懐妊で内心複雑な宮に、新たな敵が！（絵・浅見　侑）

宝珠双璧《ほうじゅにたまをならぶ》 斎姫異聞　宮乃崎桜子
邪神は、〈神の子〉宮を手に入れんとするが⁉（絵・浅見　侑）

天離《あまさかる》熾火《おきび》 斎姫異聞　宮乃崎桜子
黄泉《よみ》に行けず彷徨《さまよ》う魂。激闘の果てに義明が⁉（絵・浅見　侑）

偽りのリヴァイヴ ゲノムの迷宮　宮乃崎桜子
辺境の星ぼしで武と倭の冒険が始まった！（絵・汞《みずかね》りょう）

月のマトリクス ゲノムの迷宮　宮乃崎桜子
廃墟の都市を甦らせる〝人柱〟に選ばれたのは。（絵・汞《みずかね》りょう）

☆……今月の新刊

第10回
ホワイトハート大賞
募集中!

新しい作家が新しい物語を生み出している
活力あふれるシリーズ
大賞受賞作は
ホワイトハートの一冊として出版します
あなたの作品をお待ちしています

〈賞〉

大賞 賞状ならびに副賞100万円
および、応募原稿出版の際の印税

佳作 賞状ならびに副賞50万円

（賞金は税込みです）

〈選考委員〉

川又千秋
ひかわ玲子
夢枕獏

（アイウエオ順）

左から川又先生、ひかわ先生、夢枕先生

〈応募の方法〉

○資　格　プロ・アマを問いません。

○内　容　ホワイトハートの読者を対象とした小説で、未発表のもの。

○枚　数　400字詰め原稿用紙で250枚以上、300枚以内。たて書きのこと。ワープロ原稿は、20字×20行、無地用紙に印字。

○締め切り　2002年5月31日（当日消印有効）

○発　表　2002年12月25日発売予定のX文庫ホワイトハート1月新刊全冊ほか。

○あて先　〒112-8001　東京都文京区音羽2-12-21　講談社X文庫出版部
ホワイトハート大賞係

○なお、本文とは別に、原稿の1枚めにタイトル、住所、氏名、ペンネーム、年齢、職業（在校名、筆歴など）、電話番号を明記し、2枚め以降に400字詰め原稿用紙で3枚以内のあらすじをつけてください。

原稿は、かならず、通しのナンバーを入れ、右上をとじるようにお願いいたします。

また、二作以上応募する場合は、一作ずつ別の封筒に入れてお送りください。

○応募作品は、返却いたしませんので、必要なかたは、コピーをとってからご応募ねがいます。選考についての問い合わせには、応じられません。

○入選作の出版権、映像化権、その他いっさいの権利は、小社が優先権を持ちます。